攝影／Kaka Lin

植氣生活

植物系女子的山居日誌

曾泉希 著

晨星出版

CHAPTER 02　務食主義

開在春天的麻葉繡球

CHAPTER 03 習藝於自然

木麻黃與竹子的花

推薦序
居山與務食

近十年來,很多人開始思考「想要過什麼生活」,作家陳冠學在屏東過著晴耕雨讀的田園寒暑;孟東籬、區紀復力行簡約澹泊的日常;粟耘尋覓恬靜自在的鄉居故而移徙苗栗山上;愛戀土地的阿寶徹底當了女農在梨山討生活;蔡珠兒因地就宜種地栽菜……這些作家不管崇尚什麼樣的生活方式,最終仍舊回歸田園,日日在農園、蔬果花樹中體驗真正的「自然生活」。

在日本更有不少人過著自耕自足的農夫生活,追溯早期的梭羅為了「公民不服從」之理念,隱逸於瓦爾登湖,吃野蔬、蓋屋、自製工具。其實很多人心中都有一塊田園山林,都想親手栽植花木蔬果,食飲自種的山食,這種對山林田園的嚮往愛戀,多半一輩子置藏於心中,頂多在家裡的小陽台種種盆栽、稍稍消解「農夫」心願;或者,四處觀花賞木以滿足潛在對「植物系」的想望。

從《湖濱散記》、《寂靜的春天》、《田園之秋》……的自然寫作,以至「植物系」書寫,雖親訪自然的目的略異,但融入大自然的心態是一樣的。作者一趟陽明山竹子湖的猴崁之訪友之行,成就了多年的居山歲月,從中體驗耕讀的鄉村生活。本書以生活、飲食、自然美學的面向,書寫並呈現五年多的山林日子,以親近讀者的編輯方式,圖文並茂繪顯生活樣貌、自然美學,更以雜誌式編排展現攝影之美、飲食書寫的實用性。

此外,本書匯集山林體驗、人文觀察,以作者清新的筆調,在栽種與生活中夾敘些許人生哲理──「車到不了的地方,才是精

彩。走路，閒散的走路，走入每一條叢林小徑，走入每一處荒野與未知⋯⋯。」「五年的時光殖留在小山徑上，塵囂與繁雜思緒似乎也被叢叢樹林阻隔了，像是在進行封印城市記憶般⋯⋯」。

作者以敏銳的目光察覺植物生態之共存互生的理念——「九芎樹如何在年分比他老的大樟樹旁，曲身相依，而不互搶光線與養分？孟宗竹長到什麼程度會彎折垂矣，而到至高處群竹籠天，縫隙篩光映照底下蕨苔與蕺科、鴨跖草科等？毛蕨、腎蕨、座蓮蕨是如何分配長在岩壁土溝上的數量與位置的⋯⋯」這些自然生態唯有真正走入林樹野地，彎下腰來才能見識其盎然之姿。

從生活中體悟人與自然的相處，久了更能通透「山路走久了，對草路的親近熟悉，深知處處草溼石滑，下意識用腳趾夾住支撐帶的力道已經練到可恰如其分，輕盈履步也不致滑倒，沿路真的會裹住腳的，反倒是一步一景似的可愛花草樹石，同一路徑走了數十回，身體自然順著曲向而行⋯⋯」的純粹心境。

人，也是山林田園中美麗的風景之一，作者特別喜愛販菜者們的身影，文中深刻描繪了他們脫離影像之外，更多的處世之道。而八十一道蔬菜料理食譜，讓人從空靈的山嵐雲霧中回到務實（食）人間。

書中最後章節——「習藝於自然」以微觀小花小草，配以圖片提供讀者認識花草的入門。

本書可以用雜誌「專輯」的面向去閱讀，平實且兼具實用，若要更深入體悟大自然，成為植系的一員，不妨跟著作者的腳步一同走入山林，體驗閒適的居山歲月。

2018.4

方梓

自序
山裡居，接地活

　　這本書是記述 2011 至 2016 年間，我在陽明山竹子湖某個隱蔽山崁裡的獨居生活。當 2018 年即將成書之際，把應該作為前導的序文，留在最後一刻執筆，此時，正是台灣北部櫻花再次盛開之時（元宵過後第二回合）。開車行駛在陽金公路上，沿路風景是迷花叢林，在追光追速中，燦花隙露，移盪心海，似乎，我又穿越了季節與季節之間的夾縫，植物展芽甦醒與百花清甜欲滴的蜜味，在那個通道裡，香氣是光是火，淋漓。

　　離開竹子湖五年多的雜野林生活之後，移居至兩個地方，大半工作時候在市區，非工作時則在郊區（金山與陽明山交界的小山區），剛入住新山區時，是春夏，庭園草坪上布滿了植被植物；茜草科的繖花龍吐珠、莎草科的碎米莎草、唇形科的塔、光風輪……必須整個頭身匍匐在草地上，才能細看清楚這些僅有 1、2 毫米大小的花穗容貌，心想，每移居一處，都有駐地長年，等在那裡列隊歡迎著我的花草植物；最後一朵白茶花重力垂落在草皮上的花瓣、梣樹春天的芽花、結花纍纍的含笑樹、雞冠刺桐開成的紅色尖花蕊心指天……在即將翻展新的生活頁面之際，發覺我並無需用力策劃接下來將如何過活，植物自然迤開了一面又一面，而我總像早已準備好了，等著接應之。

　　住在竹子湖山區的年歲，並無預期要留下什麼，太常身在其中而耽溺其中，忘語，也忘了要多作紀錄動作，現在看得到的照片，

是非常不到位的殘影捕捉。而寫作對我，從來都是一種單獨且沉潛的相伴，有個可供自己反覆思索的介面，很多篇章是離開山林之後寫的，純屬後設的憶想，能說的其實太少，無法即存的美麗感知則太多太多。在此不由得感謝起我的主編們林美慧與胡文青催生稿子的能力，他們看得見我慵懶本性的背後，似乎有些幻化世間物為脫俗美感的小才華。

　　一直想著，我對自然植物的愛好根植於哪裡？除了對畫家梁至青長年實種植物與藝術感知齊併的耳濡目染，每回走進大小山裡，特別是有著天然氣息脈動的森林地，身體裡積存的記憶，便湧蹦而出，而氣味總是第一個觸點。遙念，父親每日傍晚，從家對面的原生植物園散步回來時，手中總是握著一兩朵鷹爪花，放在每個小孩房間的桌面上，淡淡的黃花，靜置房內，顧自綻香。植物，如一把奇幻的鑰匙，越過山脈，越過地表與人間，牽連著尚不可知的源地，那裡，似乎是探索不盡之處，深深吸引我至今。

2018.3 春，在陽明山
曾泉希

山裡居

CHAPTER 01

居山心願

夏季，清晨五點多的朝陽，柔細地，斜射入窗，窗外木瓜樹已競速突破頂框，木瓜大粗葉頂天，把光線篩了一層，多角形的光塊，慢速爬上了床尾，印上了棉鋪，微微聚起熱來。樹蘭的花香味與七里花香，綿密濃郁地隨著風穿進紗窗孔隙，漫進屋內，兩種花香煙霧般嬌嬈互纏（如果它們有形體的話），彼此以味參滲，揉合出了刺鼻的豔香，逸噴滿室，空氣亦突然轉了頻波似的，輕振鼻腔，微觸沉睡系統。

鳥鳴遠近，青空薄雲，大好天色都在試圖喚醒我，而我常是半夢半醒，還在床寐間卻硬是撐開眼眶，想無時差地接收眼前美奐景象，以無遺群覽。青冷灰色調，是夏季清晨溫度的顯色，綿綿灰團透隙著亮光，家中景物隨著我平移的視線，漸漸甦醒、逐一清晰。20℃，是夏季攀升至鎮日高溫的最低起始點，爽涼適溫，沁人肺腑，成為一日的開端，身體頓時化為一具蓄能槽體，大氣能量縈繞，啟動體內各處感應節點，連動、鏈結、通電般的，觸發原有感官認知為高敏度，晨昏持勉，接隙運作。而溼氣潤圍，陽光曳曳灑灑，芭蕉葉揚顫了幾下，幡然如幟旗，裂葉如多足蟲獸，乘著光邁邁飛行。

在海拔 540 公尺高度，稍稍將人為世界的朦度篩淡了一些，淨抽後的清澄，曝出了朗朗光譜，空氣透晰，頓時將人與物拋擲騰空。稍遠一端，粉色蒜香藤攀上了八米高的南洋杉，細柔飄忽，輕盈置頂，這是我初入住山裡時，每日早晨所感受到的光景。

2011 年，因一次訪友之行，來到陽明山竹子湖名為猴崁的

1 | 2　　1. 林中鬼杪欏光照
　　　　2. 臥室窗前的木瓜樹

山區，在一家野菜餐廳看到對面房子門口掛了張出租貼條，前去探知，一問有兩間獨棟平房要出租，立即敲門入內探視，屋況尚可，便邀了也喜歡居山環境的好友一起入住，一人一棟，一週後把市區房子退租後，就入住猴崁。

　　平時沒常往山裡跑，森林步道也沒走幾條，對於住在非都市的環境裡，還未形成具體的想望，不過，幾次往郊區採集草花、蕨類的經驗，以及在中部山區行走荒山，至今猶存一個人體驗「單獨」的深刻性感受，潛埋體內。再者，在當時租賃地方的後陽台晾衣處，失心瘋似的大肆種了多種盆栽植物──垂花茉莉、玫瑰、清木瓜苗、蕃茄苗與九層塔苗，雖是小盆小土，卻也茂茂然地盎然出苗。其中，種在九吋盆的小棵紫藤也狂奔似的，一路攀到接近天花板的曬衣架上，渴望種植的願力，強烈濃厚到像紫藤一樣戮力往天窗的縫隙裡鑽，滲進骨子裡似的，對應當時生活環境的狹小侷促，想要栽種植物的格局有限，意念卻是如此之大，以至於一到山野之地，願念便從窄小之口傾倒而出，明白唯有居住在更妥適的生長環境，更多自然天候的滋養，植物跟人，才能得以同時快活，自在奔長。

整面牆的伏石蕨　　　　　山內的櫻花、茶花叢聚

住家一景

住家門前竹林

於是，離開了便利的城市生活，入住到竹子湖區的內山小屋，正式成為居山人。一開始原以為交通是最大的問題，身為公車族的我，沒有任何交通工具，要如何進出山區與城市呢？離住家最近的公車站需要穿越野林，一路上坡十幾分鐘，或者連續下坡走林間小道才會到，兩條小路風景實在迷人，我一度以為可以這樣興致高昂沿途賞景，穿越森林去坐公車，但，山區的小巴班次並不多，跟人相約在山下時間時常搯不準，後來，一同居住的鄰居給了我一台摩托車，縮短了交通往來時間，亦開啟了我探尋的旅程。在山路上騎車，沿著彎道沿著樹叢，繞來轉去，爽快無比，尤其在春夏秋三季，山林圍覆、樹林庇蔭下的沁涼溫度，著實讓人身心暢快奔騰，而機動性的行駛，也讓我大致熟悉附近區域環境；騎到頂湖，騎到巴拉卡公路，騎到陽金公路，繞整個陽明山國家公園以及大屯山系；也騎到文大、平等里、行義路、北投，以住家為中心，把方圓10-20公里的環境內圈繞過一遍，之後的日子，便開始慢慢行腳，一步步走入山中的每一條小路。到了冬季，溫度驟降，時不時就五度以下，覺得需要一台汽車以獲得更大的行動便利，於是入山第二年購入了一台二手福斯，住家內圈腹地也開始往東、往北再擴展到八煙、金山、北海岸，往南也更快速抵達市區了。

　　車拉開了視野空間，幫助身體感受山的幅度與維度，但是車到不了的地方，才是精彩。走路，閒散的走路，走入每一條叢林小徑，走入每一處荒野與未知，那是隔著車窗欣賞群山大景、叢林遍野所觸及不到的細微尺度，就像葉子的纖維脈絡，你必須貼近，貼得非常近，才有辦法一探究竟的領地。

　　住在山區共五年多，很多時間都在看天看雲，與花草樹木共處，更多時間在散步與探路，五年的時光殖留在小山徑上，塵囂與

屋旁的小溪，雨後盈滿時

林間奔竄小溪

繁雜思緒似乎也被叢叢樹林阻隔了，像是在進行封印城市記憶般的，偶爾下山才暫時打開一下腦內的海馬迴體，回到家，再封起來。可以試著想像，活在一個生態瓶裡，生態瓶裡面的風光水火土自成一系統，春夏秋三季風光明媚，草花接序而生，冬季嚴寒冷列，蕭瑟凝凍了萬物，四季分明，晨昏歷歷，依著天候，生息起落有其律則。感覺時間的流動，像煙霧吞吐、稀薄的形貌，歘地忽現忽隱，想要用力辨識其存在感，又一溜煙似蛇形或散霧狀從窗口奔漩而出。

時間，不再追趕我，我也不再視時間為生命唯一的度量衡。

這是我入住山內才慢慢點滴聚合的感知；抽離時間與空間的約制，弛放了自我設定，垮鬆了的生活步調裡，呼吸吐納躍上了存在的軸心。沒有設定目標，也不是從景仰山林奧妙或環抱偉大的田園夢開始的，我唯一有的願力只想要接觸花草並大量種植，雖然後來也沒有成為一個相當專業的種植人就是了，但確定的是，我跟植物終於可以做朋友，用一種看不見的溝通語言——照料，關注，成長，變化，並不時回饋予我，我擁有前所未有對生命的欣喜感，要由衷地感激它們長期且始終無聲的存在與陪伴。

百年楓香

屋舍內外

　　住家是一間 20 坪大小的屋舍，平嵌在水泥鋪填面上，遠遠看像隱在斜坡山勢裡的一個小方盒，被周圍樹木重重遮掩，若隱若現。屋舍坐東南朝西北，正門面向海拔近 1000 公尺的大屯山系，大屯山左側是天母北投市區的密集塵囂，房樓片片，上方時不時凝起一團灰白濃霧，有時明度亮度俱足，樓房區歷歷聳立。

　　臨晚則是燈火光聚，繁星點點般，據說從我住處這方看過去是無敵夜視角度，很多人專程到附近看夜景。近景則是房東整齊劃一、方方整整的田畦，屋舍後側開了三扇小窗作為通風之用，小窗外是一條曲突隆起的水泥路（可以略略看到路的剖面），供房東一家人與房客我行走。屋右側一排南洋杉，略略劃出私住戶的邊界。屋左側鄰人種的一排扶桑、小櫻花樹、一大欉吃飯花，皆攀在隔柵上，混合樹籬般的與私舍分界。屋頂是木架平台，從那兒瞭望，無遮擋物，環山視野盡覽，週六日作為房東賣現炒青菜的觀景座位區。

（上）與扶桑、大金杯為鄰
（左）望向左側城市之地，前方為龍鬚菜

住了五年的小屋舍

　　屋內是一字型的空間動線，右側是一個廳與一廚房，左側兩間房與一衛浴，水泥屋舍，二十幾年來，因不斷有人入住，房東長期維持之下，有一定的潔淨度，搬進之後，有現成的一座沙發、一台冰箱、一座衣櫃、一張木製雙人床、一字型爐具及兩張舊日式單人沙發椅可用。其他家具則慢慢添購，或朋友贈送，例如：陳姓陶藝家，有天從三芝工作室驅車載了三塊榻榻米前來，外配了十只志野燒陶杯，他覺得開門見山處就是要擺上榻榻米，泡泡茶，觀觀天色才對，於是藉由三張榻榻米定位出了客廳區域。而橫向擺在榻榻米上是一張由幾塊檜木拼接成的低矮和室桌，極富設計感，這是黃姓女建築師與其木工友人林師傅特定設計訂做送我的，這張適得其所又有絕佳方位的檜木桌，也成了我與黃姓女建築師（她是另一棟平房的屋主）吃飯、喝茶、長談的角落。

絲瓜苗

閱讀與喝茶
的檜木桌

　　大屯山，似乎成了房舍中心的視角定位點，榻榻米後方有時擺放長沙發以供坐著看山景，有時換成擺放書桌，希望工作的時候，偶爾抬頭就可以見山。而時常挪動家具是我的嗜好，隨著變換的作息不斷位移，因此，床鋪有段時間會出現在客廳，有時會輪流出現在兩間房內。屋內四面採光，門框窗框都是舊式的深咖啡色鋁框，為了遮擋四面的鋁框，又怕遮住了自然的光線，我用了白色棉布及透明窗紗微微隔住，其他家具亦大致選用白色與透明色調，材質是木頭與玻璃，牆面是淡黃色漆，幾乎都是淺色系，以降低視覺的干擾性。

　　屋內沒有電視與音響，一台桌上型 iMAC 電腦做為處理工作及看網路影像之用，一台寒冬需要的葉片式暖氣機（不用電風扇），一個中型書櫃，一座沙發鐵床，一張書桌，一張餐桌，四把椅子，一張長型矮桌，一個廚房用木頭櫥物架，全部來自 IKEA，一車兩萬元購足所需家具。沒有刻意簡樸，只用必需品，亦不想室內空間放置太多東西，最理想的室內狀態是留有空間可以做瑜伽或讓身體舞動的空蕩蕩屋舍。

午后光線

　　進駐山區，朋友聞訊贈送的還有戶外長條型庭園裡的諸多植物，這是梁姓畫家根據山上氣候特別挑選的，說是適應山區易於種植的種類，裡面包括紅檜木、澳洲茶樹、檸檬樹、幾盆歐系玫瑰及他養了很多年的大金杯藤樹接枝。事實證明，適地栽種很重要，這些植物五年多來存活得還不錯，成了我時常蹲點的區域，加上後來陸續添購的盆栽與路邊的野生植物，全盛時期，最多有五十幾種植物擠在這小區內簡直爆棚，「綠意光燦燦，花綴滿山桓」，前有大山內有小花，是我人生中第一個成功培植、尚且滿意的山中小花房。隔著花房的綠色塑膠菱格狀柵欄是鄰人的田園，鄰人在柵欄旁種了一整排扶桑，後來跟我的大金杯藤與紫藤成了三大樹籬台柱，合力把塑膠柵欄的界線分野給淹沒掉。

屋舍有兩個出入門，前側有一米寬的廊道，左側是庭園植栽區，廊道有金屬圓形鐵架扶手，慎防跌入垂直兩米深的坡崁，這個鐵架成了我曬棉被的地方，也是川七葉恣意攀爬的支撐物。八十歲的房東太太也必須扶持鐵架而行走才安心，因為地面的鋪石長期因溼潤氣候而微微長了苔。走上水泥斜坡，左側有一棟三層樓大屋舍，住著房東一家五口，一棟兩層樓屋舍，樓下置放大冰箱與房東的爐具，有時停放箱型車，假日就擺攤賣野菜；樓上則出租給房客。

從客廳望向小花園

出了白鐵大門，前方鄰舍是知名野菜餐廳，不時有登山客爬完山後，前來覓食，不少汽車停在楓香樹與櫻花樹底下，偶爾人聲車聲吵雜，而環伺的參天大樹像厚實的吸音海綿，把盤據空中的窸窣聲響都給吸走了似的。在山野裡，靜謐時刻居多，鳥叫蟲鳴是唯一的高頻，而人們的譁然之聲反倒像是過門的音階，倏忽旋即消失，連尾音都毫不滯留。

用泉水豢養的金魚缸

我的山居小宅，第一圈環境大致的景象是如此，與鄉間屋宅的差別是——山中屋舍是整個嵌在森林裡，人們必須砍伐一小區森林與其奪地，才能夠取得生活起居的用地，而鄉間則是早已被犁平的地貌，屋舍是重點，樹木與植栽多半是殘留或新種物。兩者屋舍與樹林

1	2
	3

1. 好友來一泊三食
2. 夏日泡水接地氣
3. 門前即見山

的比重是相反的，因而延伸出的生活秩序，便可想而知。山裡的人，尤其是定居山裡數十載的農人，日日光著腳行走的是田埂路與林路，厚實長繭的腳底踩踏出的天與地，是他們仰賴以食為活的世界，有那麼多文明高端的便利工具在間世，卻可以選擇或乾脆棄之不用，我想這不是太多知識情操的導致，而是，天生土地養來的命，跟土地互動是唯一的生路；種植、耕食餵養軀體，再用耕食買賣以換取生活上所需物資。

在山裡居住多年來，自覺仍是個介入者的角色，在場邊磨蹭著別人的生活主軸（指的是農耕這一塊），但專職農人大概除了可以食用的植物，以及看慣了的大樹灌喬木之外，可能不是很熟悉花草的美。有盆奧地利黃色玫瑰在開著極豔燦亮之時，農人路過指著玫瑰問我：「這是假花嗎？（台語：ㄍㄟ ㄏㄨㄟ）」我笑得極誇張地回他說：「這是火雞啦！（台語：ㄏㄨㄟ ㄍㄟ）」

山中散步路徑

一雙夾腳拖，一穿穿了五年，足跡烙印陽明山大小山徑。山路走久了，對草路的親近熟悉，深知處處草溼石滑，下意識用腳趾夾住支撐帶的力道已經練到可恰如其分輕盈履步也不致滑倒，沿路真的會裏住腳的，反倒是一步一景似的可愛花草樹石，同一路徑走了數十回，身體自然順著曲向而行，而四季依序不斷換置的景貌，看不盡的奧妙藏細其中，沿途蹦湧，有如站在定點看天空，流速的雲、形變的雲、幻彩的雲，被時與光切割下來的瞬相，泛為天空，實為構天築地的奧祕，那是人為退後到最低限，讓大地萬物執掌的運行之象。

步道，草路，泥路，圈起了我的生活之地，若從高空俯勘記錄五年行走哩路，所行之處寸草被壓成了麥田圈似的，一個屬於我個人獨特的山居印記。所謂天造草昧，雜沓未明的「草」創之地，充滿生命力的山林曠野，成了我居山時期，最深刻的迷戀，也可說方圓三公里內是我的草昧生活探索。

頂湖附近的田埂小路

1 | 2

1. 冬日早晨
2. 每日行走的小山徑

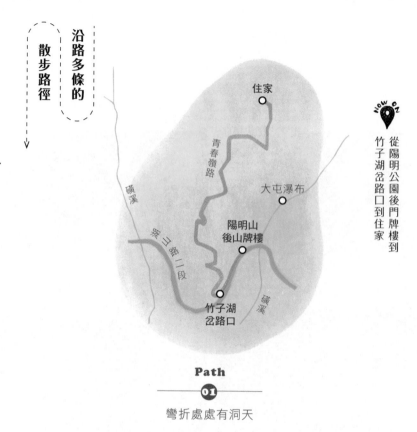

沿路多條的

散步路徑

住家

青春嶺路

礦溪

大屯瀑布

陽明山
後山牌樓

湖山路二段

竹子湖
岔路口

礦溪

NOW ON

從陽明公園後門牌樓到
竹子湖岔路口到住家

Path

01

彎折處處有洞天

後現代設計風格的白色牌樓所立之處，是進入陽明公園後門的招牌標的，也是轉折閃入青春嶺路的領航牌，由此進入的連續緩坡（友人命其為輕量級山訓小路），實是訓練心肺的好地點，若不沿途賞景的話，一氣呵成至終點處共兩公里路程，可歷經海拔 400 到 660 公尺，是近郊山區可急速攀升海拔近 250 公尺，而所需時間僅半小時左右之處，其樹林夾道簇擁的盛景，平易親民的林相，讓少在山區活動的朋友來此，皆安心放行且讚譽有佳。

我在此來回走過不計其數，獨行時，上坡行的喘吁聲，回聲之大微微震葉，只好沿途自己設點休息，也因此不時覓得多處好

景。一路彎折處處，右側有兩三間房舍錯落而立，鐵門之外是樹籬圍牆以間隔山路，路過偶見黑瓦屋頂、混凝土牆與車輛，少見人影，似乎住在山林的共同默契是保持安靜，而樹林風聲與蟲鳴鳥叫也有優先權似的，環場浩大的聲響四起時，足以鎮壓登山群客因歡樂而失控的笑鬧雜聲，或者，長年受潤澤豢養的潮溼牆桓上，厚度可成毯的綠色白髮苔，兼負了音牆的功能，吸附、過濾、吞吐，混成了森林體的特有之音。數十年的相思老樹幹上，沉緬刻劃出斑駁嶙峋的樹皮肌理，停佇了眾多蟬蟲螻蟻，密麻如書字，鋪排成陣形的暗語，也許是森林生物們其中之一的平面溝通語彙，我解不了，不知有沒有生物學家在研究動植物的語言形式，或者對應我們這些到訪森林的人類，是不是彼此也有一套不容易被人類吞噬及破壞的通知語言？有太多對自然界的無知無解正逐步生成，例如：九芎樹如何在年分比他老的大樟樹旁，曲身相依，而不互搶光線與養分，各自安然？孟宗竹長到什麼程度會彎折垂矣，而到至高處群竹籠天，縫隙篩光映照底下蕨苔與戟科、鴨跖草科等？毛蕨、腎蕨、座蓮蕨是如何分配長在岩壁土溝上的數量與位置的？小葉冷水麻又是如何從平地繁茂肆虐到山區，依然自顧自地拓長其領域範圍？

岩壁上的綠苔成毯

陽明公園內水域

山谷地處墾平為田徑入口　　　　　筆筒樹與楠樹混雜林

　　曲路的左側是谷地，更多植物從深谷底迸出，有許多看不到的
植物運行規則在裡頭精彩潛伏。淺谷地之處，被當地農人墾填成
田，幾塊平面田地往高處層疊，這裡是冬季高麗菜、夏季地瓜、芋
頭、多種葉菜類的聚集所，用在地山泉水引灌，因而田邊多了很多
小溝渠，夏天的泉水冰涼透心，走至此處常直接就脫了鞋踩水、取
水洗臉，或坐在田邊暫歇，望向來時山路圈圍起的谷壑。晴天時，
天空澄清透晰，植物葉葉分明；陰天時，白霧降沉，分不清視線
遠近。此路偶有來車，人需閃身才能讓車順利駛過狹路，幾處近乎
70-80斜度的陡坡，以至於車子在雨天打滑的機會不少，或者車輪
卡在水泥路旁的泥濘，需靠鐵牛拖曳的情景也見過幾次，無規範為
行人專用的山路小徑，通常是車的捷徑，某幾次颱風讓大樹坍倒橫
亙於主要道路時，這條路就是救贖之道。中途有一處內山水田位於
兩側綠竹圍籬之內，僅剩狹小門洞，撥開竹林，時常是咸豐草與芒
草叢生，棄田般被擱置，田邊時常有豬母草或紅鳳菜等野菜，有時
野草不見了，田裡注滿了水，靜水無痕，風來凌波，像一只上千號

的天然畫布，雲朵天光都傾倒於此，寫實中有抽象意念，山的深厚層次，更能被靜觀以觀。靠著行走山路左探右翻，逐一揭示山的面貌，而數十回的經驗所得，山貌，無一定格定相；淺容的翠綠顯示予你，蒙上灰霧又是另一張粉光過後的臉，還有，夜裡的暗部像剝了幾層的壁紙，仍見不到牆壁的原貌，深邃、神祕、捕風捉影般的暗夜情節也正悄然上演。

竹林隱地

冬季覆雪的竹林

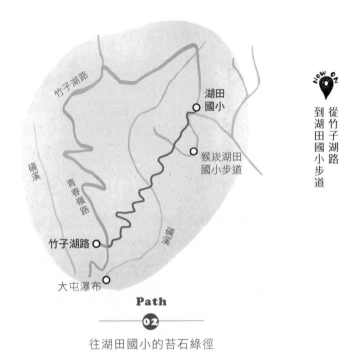

竹子湖路

湖田國小

猴崁湖田國小步道

磺溪

青春嶺路

竹子湖路

磺溪

大屯瀑布

Path

02

往湖田國小的苔石綠徑

　　緩坡、急坡引領身體律動的快慢，一路上到了兩戶人家的住所（也就是我租屋的地方），開始轉成了可雙向通行的路寬，兩側拔天頂地的大楓香做為猴崁步道的起始座標，右側往湖田國小步道，亦一路上坡，水泥路開始換成了草路、泥路與石階混合。這裡受光線臨照機會更少了，一路由苔蘚席鋪出的綠徑引領，伴隨土縫夾生的蕨與乾草枯葉，盛夏時分，林中一落落曝光過度的光點，在苔石路上像引路的精靈。越往裡走，登山布條逐漸增多，這裡藏著無數條可通往更隱蔽的祕境，多數禁走。踩著青苔滑石，行經小橋，底下溪河竄流而過，滿水期石苔綠晃晃飄浮水上；枯水期岩石地鑿，苔石多半色褪，多了一條可行走的石路。沿坡而上，鬼杪羅反射的葉片光色，月桃結起了綠果，楓香果實滿地，火焰花在最後時節力搏一燦的深艷紅，揭示著初秋正式來臨。

爬到頂處，接近湖田國小前，一處犁平的小田剛收成地瓜，裸地以待下個農作。看向遠處，紗帽山潤圓的山勢，在芒草漸起之際，遠山近景密縫成一片華麗繁複的圖像。走入湖田國小，兩百公尺的小操場週邊有環山海芋田步道（正式進入竹子湖觀光區），十多棵的櫻花樹下有成排的戶外座椅，十分有課堂的意象。我最喜歡冬天的國小景致，跑起步來，別有一番凍冷寒霜滋味，將口罩、皮手套、壓舌帽備齊，一跑十幾二十圈。一日跑完步，穿越苔石林路回到家之後，所記下的手札：

寒風穿刺厚服，五度C，
為了取暖（也為了瘦腰）去跑步。
空曠的，遠方是襯霧的山巒，
無數回踽踽獨跑在開闊而遐謐的操場，
汗沒飆出半滴，鼻水直直流下，
用以擦拭的皮製手套上，有些因長期浸水而脫落翻褶的皮屑。
這裡，整年的茫霧籠罩，白裡頭透的是青色，綠色
而夜一襲來，白裡頭滲出的尤轉為黑，
白反黑，像被吞噬似的，以迷陣回以迷陣。
冷冽的溫度，清孤的天候，
總是給我一種，無需人知曉之國度裡的瀟瀟意象，

猴崁步道

越冷越是走向於，

總覺得自己很幸運地得以領受到這些，那些，

顏色，聲音，明豔，凋落，萌發，瑰麗甚至惡寒。

我不趨近於自然，

而是，我本來就在裡面。

　　如今看來，山中的冬天，闃靜無聲的冷冽透襲入骨，而越冷越發清晰的是，我愛山多維度的時節變化，敏於身心，隨時讓我有知有覺。

1　2
1. 湖田國小操場
2. 操場旁的夢幻櫻花教室

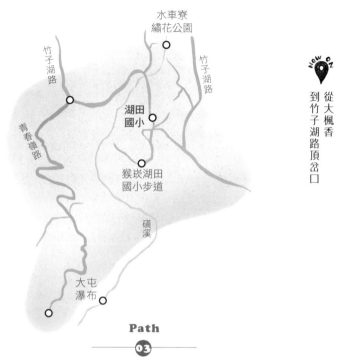

水車寮
繡花公園

竹子湖路

竹子湖路

NOW ON

從大楓香
到竹子湖路頂岔口

湖田
國小

青春嶺路

猴崁湖田
國小步道

磺溪

大屯
瀑布

Path

03

豪華林蔭大道上的野氣味

　　回到以大楓香為起點之處，直直走到竹子湖路頂部岔口，也是我麥田圈裡印記最深最粗的那條線，沿路有太多停頓點，一條不到一公里的路，卻常常走上一個小時。說這條路是豪華林道不為過，隸屬於陽明山國家公園的範疇，樹木時時被修剪、養護，落葉繁枝日日清除，修補鋪平道路的頻率之高，好以維持其大家閨秀的清麗面貌。冬初兩側的山櫻，冬末間歇穿插的緋櫻，初春的杜鵑等，會開花的灌木群，讓林間畫上了朱顏。彎進左側一處竹林小道，整年厚鋪的沙沙竹葉形成的窄道，窄道裡又有小窄道，通往一處台灣杉矗立的小天地，整齊筆直，人工豢養，潔淨有餘，如遁入密地，更為封閉。這裡是我接地氣的祕密之所，光著腳、閉氣、伸

展肢體，感受由地底傳來的溼潤之氣，風緩緩而來，聲音寂然，大聲呼叫，會有陣陣迴聲。

　　出口有處用巨石擋土，比人高的茶花籬牆，是近年公部門圍塑起的小公園外牆，沿著外牆有處石板屋外，珠苔科長得極好，是2016年冬季落雪時，都覆蓋不了的厚挺密實。再往裡有孟宗竹、芭蕉葉與南洋杉的混合雜林，芭蕉葉裂痕極少的完整葉面是風少進的結果，一旁溼牆上爬滿抱樹石尾，陰而溼且涼氣陣陣，炎夏溫度達至高點時，是閃進藏躲的優質避暑基地。

　　大道沿路上有獨特的千年芋叢、麻葉繡球花叢、一落又一落紅白粉的茶花樹叢、一兩棵高聳近十米的高山白杜鵑，隱進樹林鮮少人知。在森林裡，樹木玩著互相隱匿的遊戲，人為的介入，有時幫了它們，有時分化了它們。實在的說，這裡的整體林相規劃不算絕佳，但獨特的氣候蘊蔭使然，讓雜沓森林也長成了繁茂的植相，好在人為規矩裡，有大自然自行綻開的野生味，之後，即使離開此地邁向其他山區居住，也常回到這裡隨意散晃，內心希望此處可以獲得更多的野放，巡山員或森林養護人可以放更多的假期，或者多點時間欣賞森林，動手修剪之時才會有更精準的眼界，以免壞了植物天生的野相。

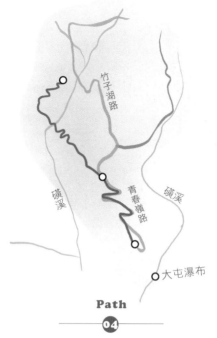

竹子湖路

磺溪

青春嶺路

磺溪

大屯瀑布

Path
04
草溝險路藏幽境——無間道

　　林蔭大道上，有一處必須爬上泥坡，穿越叢叢雜林的擠身式窄道。手裡一定要有根樹枝以撥開蜘蛛絲網，順利趨步向前。跟人一樣高的茶花樹林，栽種在不規則的斜坡上，以致形成了狹窄且路況不明的茶花樹迷宮，迷路是正常，多走幾次就會走對，經歷了坎坷歧路，天地突然間展開（表示走對了），眼前山櫻花一葉不剩，整株開得紅燦燦，三步一棵，原來谷裡才是山櫻花的大本營。繼續走，開始又進入狹路，而且路小到僅剩一雙腳合併時能站立的寬度，左側是垂直壁懸崖，右側是泉水小溝渠，沿壁不時有泉水滲出，藤蔓也長得有點群魔亂舞之態，增加了這段小路的探險氛圍，不過，必須小心行走以免滑落山崖，不然就走溝渠比較安全。水徑內，常有青蛙、蛇出沒，整路還有小蛤仔的殼，但始終不知誰吃了小蛤仔，幾次冬季光腳撩下水，水冰沁涼，是冷水 SPA

山後私房路徑「無間道」

等級的享受，上頭水域豐盈之際，可見迷你的徑水奔流狀。有位秦姓藝術家朋友在此立碑，他集結了對天地生命的感懷，命名為「無間道」，之後登山客就管這裡叫無間道了。

無間道的盡頭是一處通往竹子湖內圈的田園之地，一處內山裡居民群聚的平地，像走出幽閉險峻後豁然開朗似的，呈現一片祥和之氣，才知山勢造就了空間氛圍，連同影響了人的情緒，但其實，心裡非常明白，山從來是靜默的，所有感知都是人造的起伏。

鄰近的竹子湖田景

青春嶺路

礦溪

陽明
書屋

大屯
瀑布

中興路

青春嶺路

湖山路二段

陽明山花鐘

冕山路二段

礦溪

陽明山噴水池

**陽明山國家公園
小隱潭**

從四百階到瀑布隱潭

Path

05

四百階內的大小隱潭

　　前文介紹了以兩側拔天頂地的大楓香處為起點，直行的林蔭
大道與右行往湖田國小之路，現在要走的是通往知名觀光區的瀑
布之路。由右斜側（旁邊是餐廳），一路踩著急陡的石階（此處號
稱四百階），一路斜步抖顫往下，有多條小徑可以自由穿梭，沿途
可看到幾米高瀑布，在眼前流瀉，也可親近大小水域（美名為隱
潭），此處像是古老時期石頭自然崩落後產生的封閉型內山祕境。
清晨時分，很多長者在此做早操、森林浴、打坐、野餐、練功，林
間至少有五種鳥以上隨性唱和。也常在溼漉漉的羊腸小徑內繞來繞
去，往下直走會到小隱潭，另一個長滿苔蘚的水域祕境，往左則是
通往陽明公園的階梯石路。四百階，把內山垂直水域由高至低串連
起來，是一處豐沛的、美妙的，老少咸宜的水域仙境。

四百階步道　　　　　　四百階步道

大隱潭　　　　　　　　小隱潭

種植實作：業餘自耕農的告白

我的一塊小田

山裡有伯丁，而伯丁的專長卻是現代都市人目前興致所趨的顯學，參與種植與沾染田園氣息才是時尚似的，很多人開始上山吃野菜，並跟農人討教如何在自家陽台及頂樓種菜，以在日常生活中盡可能「趨近自然、回歸自然」。看著山裡面整齊劃一的田畦，那意味著有序的管控種植流程，為的是順利生產出預期的數量來，那鐵定是在買賣邏輯下的種植法，當然跟我無需量產的種植方向不同，所以，我也許可以跟專職農人學習的是：翻土、育苗，以及生長過程中必要的蓋布、剪枝、除草、澆水、施肥與掌握收成等生長時序層面的觀察，其他化肥與除草劑的施用以及各種讓作物快速生長的方式，我就略過不跟了。

剛入住山時，很想動手做農務，開口跟房東太太租田，剛好她有兩塊正在休耕的田，便短期借給我種東種西（兩塊榻榻米大小的田）。她也大方借我所有的農具，於是，我拿起大鋤頭開始翻土，把土隆高，弄出水畦，沒特別除掉所有雜草，兩塊併成一塊田土，開始思考要種點什麼是附近農家沒有的產物，便驅車到北投菜市場去挑菜種籽。時值夏季，我挑選了秋葵、圓茄、茼蒿、紅、白蘿蔔（聽附近農人說白蘿蔔要在夏末播種，才來得及在冬季收成）、辣椒、蕃茄、香菜等作物，因不熟悉該塊土壤以往的土質狀態，怕有些種子一入土就被蟲蟻搬走，因此，選擇某些種子在小塑膠育苗盒裡發芽，另一半就隨意一區區地灑種，有些稍微覆土，有些裸露汲光（每樣種子的育苗期所需光照不同），並簡單記

農人的田，右邊是蔥，　　　　買種子
左邊是豬母草

錄下各菜種的群落位置。接下來，每天一早起來就下去巡田，看種子發芽狀態，一兩個禮拜後，果真有幼芽陸續冒出，但實際發芽數量是 1/4-1/5，選了幾棵苗壯的苗，拔掉一些營養不良的之後，就看書上各種蔬菜需要的水量多寡引以澆灌。

其中秋葵的苗十分健壯，不出一個月便長成豐碩的九大行星，收成數量太過驚人，以至於來不及採收的秋葵長度過長，吃起來口感過老。茄子就只剩兩三顆體質良好的，但是後來沒有一棵結成紫色茄果的；而中型蕃茄太過捧場，一直開黃花，結綴纍纍，是農家初體驗當中，最具成就感的！茼蒿出芽之後，卻逐漸凋零，僅剩一株，煮來吃也塞不了牙縫，乾脆就讓它一直在田壤裡，成為其他蟲蟻的養分。辣椒簡直是速長狀態，不久後便呈綠色椒狀，顆顆等待轉紅。

紅、白蘿蔔出芽後長葉前，耗時許久，把它們直接種在大盆子裡觀察生長情形，後來碩果僅存，各剩一棵，收成時亦不意外地各自呈現營養不良的慘狀，不過種植期間，倒是發現白蘿蔔的白花異

常清麗可人，採了部分的莢果（雖然知道是不好的種，但還是留下來以紀念第一次種蘿蔔的輝煌紀錄），部分花直接插瓶供水觀賞。

眾多香草類植物如：巴西里、小茴香、幾種薄荷、芸香、萬壽菊、迷迭香等，合種在一個六十公分見方的矮盆器內，置於半日照之處，雖然使用西洋香草做菜的機率不高，但許多香草開起花來，簡直擁有天仙之貌，例如：小茴香淡黃色細緻的花穗，與薄荷的淡紫白花。後來益覺，田裡與園子裡的驚喜不再是收成多寡與否，而是日日漸變的「菜顏」，簡直是無可取代的、美妙的大地奇幻物語。

有些無心插柳柳成蔭的款式，例如：馬鈴薯、小蕃茄等，吃完了就往大小花盆菜盆裡丟，某日之後，突然在盆裡看見疑似黃白色馬鈴薯冒出一小塊來，用手往土裡輕輕挖，挖出了四五顆的小馬鈴薯球，趕緊塞回土裡，等到再長大一些，就拿來切片乾煎迷迭香馬鈴薯片。

收成群像（秋葵與蕃茄是自種，
其他是農友送的）

羅勒與薄荷收成

	2	3
1	4	5
6	7	10
8	9	

1. 香草混種　　2. 茄子　　　　3. 辣椒熟成　　4. 馬鈴薯

5. 紅蘿蔔葉　　6. 香草巴西里　7. 小茴香苗　　8. 蕃茄熟成

9. 蕃茄開花　　10. 白蘿蔔

火龍果　　　　　　　　　　　　　　　　曇花

　　而我的小田旁，處處是野生野長的葉菜類植物：地瓜葉、川七、紅鳳菜、野莧菜、假人蔘葉、野香菜、蘿蔔葉、空心菜、豬母草、更野的咸豐草、龍葵等，許多比我更資深居住在山裡的植物們；還有農人長期栽養，好吃又長得美的多肉類火龍果與曇花開的花，環伺在我生活圈，成為豢養我的養分來源之一。大地如此不吝嗇的厚實恩賜，也因此讓我有機會到處摸索，以開啟素人料理的山菜廚房（朋友命名的）之路，而我終於有能力可以煮菜餵養自己，也終於有能力招待來山裡找我的朋友們，一次準備個幾道菜是沒問題的，也可以像半個在地熟路人，帶他們到處在山裡晃悠。

　　朋友說，住在山裡也許開了天喔！我倒覺得，在漫漫悠長的山中時光，一個人的遊戲，是極具開創性的；必須跟在地環境呼應相容，也必須有能力發掘出山林給我的獨特箴言密語。若說那一份密語到底是什麼？我得到的「天啟」又是什麼？我能說的將不會是太神聖的話語，僅能寫實詮釋的是：自然天光下，讓多年疲憊的身心，在大地無私護擁下，逐漸甦醒。

1	
2 3 4 5	
6 7 8 9	

1. 野生川七與川七花
2. 野生地瓜葉
3. 野生空心菜
4. 野生紅鳳菜

5. 野水芹菜
6. 野生人蔘葉
7. 野生野長皇宮菜
8. 野生豬母草

9. 野莧菜

點描山中日記

初秋，微雨中漫行

9.30

　　雨，剛落臨山裡，仰天探視雲層的厚度，天色不甚晦暗，雲壓離地尚有幾千里遠的樣子，心中微喜，這雨，應該不會下得太大吧！趁天空尚未被屬於夜晚的黯黑壓陣之際，想要在雨中散散步，想要感覺走在山裡，聆聽被輕輕斜斜的雨所圍謐起來的聲域。今天，除了清晨鄰舍農夫的鐵牛車發動時傳亙山谷的逋逋聲，早上散步時立於樹梢的鳥兒鳴，以及秋蟬的稀疏幾聲應景之外，整日毫無聲息。

　　於是，趕緊把手邊剛播下種子的盆栽，一一挪到用塑膠棚搭架的屋簷底下，以免雨水沖刷掉方才一顆顆淺埋入土裡的種子們。一共挪了四盆，除了小茴香種子在前一天用水泡了大半天，讓它能小小地萌開些芽點之後再播種，其餘的檸檬香蜂草、韭菜、大花滿天星的種子，都採直播進土的。每一次，有新種子入荷，就躍躍欲

1 | 2

1. 園子裡的花草
2. 以網牆隔開的
　小園地

試，且自從搬來山裡之後，種子的發芽率著實提升了很多哪！以前可以把七、八種不同種子都養在同一個盆子裡，像極了住在大雜院似的，讓它們逕自爭著有限的土壤亂亂長，現在，也該讓它們各自擁有自己的專屬套房了，空間寬闊了，每一種花草生長的盎然樣態也更野放了。

　　我的園子不大，是一個三米乘一米長的戶外廊道，一片不平整的水泥地鋪，界鄰著的是隔壁人家的田中農舍，之間僅以塑膠網架起具穿透性的孔洞圍牆，沿著欄牆的那一邊，種了一整排的白色扶桑，半遮掩的，小小地象徵一下戶與戶之間的界線。我常蹲坐在門口那塊陳舊的木板階梯上，看著大朵大朵恣意綻放的白色扶桑花，從網欄的洞洞裡，探頭過來打招呼，白色花瓣葉序整齊疊列，白得像是五官清明、略帶粉質的素顏，米黃色蜜黏的長蕊，拱在花瓣中央，像極了醉人的香唇。在太陽底下全然綻開之時，葉脈的紋路便像浮水印一般，奇異分明地一一透見，若像今日的微雨即來，滴在花瓣上的水滴，便如同抹上一層透明漆，低垂著的花姿，像在接受雨水的輕輕撫摸，微微頷首道著舒暢欣喜。

　　我也常望著他們競速往天空伸展，挺拔細硬的枝梗呀，常在領空未明的高處，往下環伺著我，也環伺著在欄上蔓長的綠苦瓜群葉，以及這塊小小園地上，那些大盆小盆錯落擺放的花花草草。

　　我倆之間那塊未明的領空，青色帶灰，開始下起了細細的雨絲，凝望著這排排站的花隊，開始向我點頭，一下子回過神來，起身，拿把雨傘，穿上防滑的夾腳拖，往那迷濛漸起的山裡走去。

　　步上小緩坡，路過被腎蕨與川七整個鋪滿鐵皮屋頂的農用機具

 1  2 | 3 / 4

1. 芥藍菜　　　　　　　　　　3. 蔥
2. 香菜熱湯治感冒（農家祕方）　4. 白菜類

房，老農的鐵牛車不在，可能還在鄰距這裡不遠的幾塊田地裡繁忙著，現在是番薯盛產的應季，老農夫婦這幾週一早就不見人影，肯定是到田裡採收成串的番薯，好趕在黃昏前到市場去讓人收購，直到月亮出現才見得兩老在屋前，對坐著，靜默吃飯。

　　老農夫婦在這山裡，已住了七十多年，他們倆因地結緣，靠天牽線，是一座山與另一座山的青春聯袂故事。每次蹲在田裡梳理我的菜園時，老聽到他們倆叫喊式的對話，無不是有關農事的這般那般：「韭菜的秧苗要趕快下播了！」「塔姑菜、大陸白菜趕快拉起來，再過兩天就會太老了！」「去那邊把火龍果的花摘下來，北投的陳太太明天要五欉，順便看火龍果紅熟了沒！」幾乎都是老農婦對著老農夫在呼喊，當然，嗓門大、身體好的老農婦偶爾也會熱心地關照一下我這個初階農婦那塊榻榻米大的小田畦：「你現在種的茄子，沒效了啦！在南部的話都還可以！這裡太冷，現在的季節是種不起來的……」「你那個九層塔怎麼都不會開花？奇怪那麼大一欉，你都沒在吃咻！」「要不要吃地瓜葉？要不要吃茭白筍？」「要蔥、蒜、韭菜，不用客氣，自己去拔啊！」

日日山裡遊走

　　不見在田裡耕作著，便是在自家門前晒著高麗菜乾、做醬菜、蘿蔔糕、晒衣服、掃落葉、整理回收物、整理草坪等，這對老農的生活肯定是沒有閒暇的，他們也好像不常停下來欣賞彩霞及天上的雲，看看樹木花朵或聽聽鳥兒的聲音。每次抬頭看的是好天還是歹天，決定今天要趕快種下什麼菜苗，採收什麼作物，低頭就是拿鋤頭、翻土、捻菜、拔草，一整天是對著泥土在耕耘的，直到暗暝來臨……。

　　緩步向前，右邊的三棵參天青楓大木，在微弱光照下的深咖啡色樹皮中隱隱透過溼意，走到樹下，抬頭向上看，那掛在五六尺高的藍鵲巢呢？灰朦朦的一片，根本望也望不清哪！這裡，是我散步路徑之一的起點，轉頭看那前驅的路途，呼！更是灰朦到得睜大眼睛才能識別前方視野，還好，還有白日羸弱的餘光，在兩旁林列的樹叢上，偷偷做上記號，樹形依約可見，路徑還在彎道緩坡裡

繼續蛇形向前展延，不過距離腳踏之地兩尺以外的前方，就難以探測了。每次一下雨，每棵樹的枝幹樹葉，都像長在一起了似的，原本歷歷分明枝枝樣態清晰可辨，現在都混搭並接合成一棵更巨大的樹，走在大大樹夾道中，兩旁一併加倍襲來的綠意綠氣，比平日晴天圍塑起的綠林，更具熱情疾呼的簇擁感。這是專屬於森林裡環繞式的大熊抱，別的地方沒有的，是與大自然近身擦撞都未足矣，滿道是貼近的親密的相互磨蹭、相互銷融的應和，是真心歡喜的。

雨，一落在森林裡，像是落在一大層天然的隔護膜上面似的，雨滴落地，不曾發出刺耳急促的撞擊聲響，不管雨大雨小，它們都會先給一個升記號，先輕輕地在樹葉上起了個音，從樹梢，彈躍到樹枝、群葉，或者沿著樹幹，無聲無息地像溜滑梯般地滑至泥土裡，或者再調皮一點的，喜歡玩高空跳傘飛行的，從這葉兒，跳到那葉兒，讓高低音交叉奏鳴；也像馬戲團裡的技術演員，在毫無重力的半空中，玩起輕盈、脫力的搖擺漩盪，在各種不同的葉面上，悠遊，舞動，來去，等到玩夠了，再來一個後空翻，優雅從容地降落地面，掌聲響起。

我把雨傘收闔起來，既然有這個天然的防護大傘在我頂上，何須一支小雨傘遮遮掩掩呢！我想要在第一線便接引到雨滴那躍躍然的動感，就把我當成葉子吧！在我身上彈奏唱和，即使是荒腔也沒關係，在荒野裡獻上的自然是荒音，森林裡可是每天都在變化的，自由生長，沒有重複的樣態，沒有節奏相同的 freestyle，不成調的單音一滴一滴在我臉上，好像在訴說，點兵點將點到我，該我接唱啦！

大自然邀請人類的方式，可真特別呦！而且，我老覺得這條

我幾乎每日行經的玉瀧谷大道上的相思老樹、筆筒樹大叔、欒樹姐妹等，已經都認識我啦！他們似乎知道我今天趁著天色未暗下的微雨前來，是特地趕聽音樂的，但我萬萬沒想到，音樂會之外，還有雜耍團可以看呢，呼！我原本以為被雨環伺下，森林裡的聲音場域，是沉靜、寧謐，被包覆在層層厚膜底下，嗓音沒全開的半渾厚低音奏鳴曲，此外，再也無所聲息了；沒想到，棲息在青楓樹幹上的那隻秋蟬，也應和著活潑的雨之節奏樂隊前來，嘶鳴了幾聲，聊表參與之意；那原以為是夜晚才會出巡的貓頭鷹，從前方兩尺遠的迷霧中，應聲傳了兩聲（間隔一秒半）的「兀」、「兀」，也於此時，趕來打卡哩！

我在林裡，雨在林裡，大家都在林裡，我們共時共地，一起喧鬧這一方天地。隨行的森林配樂，依然持續進行著……

離開了小蟬留駐的楓樹，我繼續驅前，霧，也正朝我襲來。坡路並不平滑，讓我穿著夾腳拖鞋，尚能平順地前行，不必逐步低頭看路，忘了抬頭欣賞眼前風景。景，雖被濃度不一的霧所籠罩，但這霧雖迷，卻還算稀疏，伸手還可見五指，灰色濃度平均只有30%。腦中突然跑進一句話：霧裡看花。然後呢？忘了下一句（是越看越花嗎？），呵！若是，可是一點都不花哪！那樹那花，此時此刻便是以邊界模糊的樣態向我展現，他們在雨中，在霧中，也在日夜正要進行交替的黃昏時刻裡，曖昧的模糊界限，肯定是有的。我滿心懷抱地接受這如同在微醺下，迷濛雙眼所見之幻化倩影，也如那畫家筆下勾勒物與物邊緣時，精確且漫染的巧妙轉折！

雨中即景

一束光線從筆筒樹的細密葉片裡穿射下來，乍見雨如金縷絲條，傾斜著往我身上貼黏，眼前霧的濃密，也在瞬間稍稍減弱了些許，光明了一點。

這條山谷裡的森林大道，沒有大風進來，定定看著霧，霧只有原地自動散去，不會一下子被急速地吹散，時間也似乎隨著霧的緩慢步調，很慢很慢地流動著。前方還有霧未明，等待我去一一撥開探巡，天色卻已經漸漸暗了下來，我這一路貪戀太多景緻，還沒走到家，大地已經悄然披上另一襲夜衣了。

如果有限時間的縫隙，是那麼神色匆匆地難以被抓取，那麼，此刻我與丈量不到的種種存在，正共時空，共飲初秋的美色。雨來，霧也來，鳥、蟬亦來，正好，月亮也快來了，一起在樹林間，乘隙快活。

1　　1. 霧起時
―――
2　　2. 霧起霧散

風雨後的小田畦

10.2

　　風雨交相疊替的天氣，持續了兩天。昨夜，猛敲打我窗，但好像還不打算掀起屋頂的山谷風雨，整晚都以呼喊的方式在示現它的威勢，漸強漸弱毫無斷續地襲來，但卻以穩定的頻率呼呼作響，這倒不會令我過於擔心，因為，山中有大樹遮擋，不至於平白直撲農房，它們所掃射的人造之物，有大自然主動捍衛成一片城牆，除非，人此時在林裡行走，除非，風雨再加碼肆虐，不然，待在房子內，得到的是雙重屏障，得到的是自然界發出的浩瀚豪邁樂音，夜裡，樹木們晃著頭、搖著身的暗色流影，像是風雨交響樂那前導的指揮，以全身熱力搖擺之姿，精湛地演出，一邊給它鼓掌，也同時在心中默默祈禱，這樣就好，適當就好，可別搖得太用力、太嗨啊！

　　臨睡前，探視家中玻璃鋁門窗都還挺得住的樣子，關了門窗，上床，點盞小燈，準備入睡。依照慣例，睡前閱讀些令人心裡舒暢，刺激不大的書好入眠，拿起床頭一本，今年七月因心臟病疾過逝，台灣自然田園書寫之父陳冠學的著作《田園之秋》，翻到十月六日那天，他有感於自己自喻為詩人，卻偶爾眼盲似的，對事物視而不見，聽而不覺；大半月過了，竟未注意到他經常散步的灌木叢外，披掛了一大欉盛長的雞屎藤，綴滿著千萬朵紫白色小花。

　　雙眼半閉合，眼前的影像隱約跳接到九月中與友人，隨意步行小探附近山路時，偶然發現有戶人間，隱蔽地嵌在高山谷中的山腰裡，獨立一家無鄰戶，前庭種滿了茶花盆栽、玫瑰花、不知名的大

紅花等，往一旁的斜坡走下，是間堆滿農用機具的房舍，前庭放置了一堆半被丟棄的盆栽，大多早已乾土，再過去幾步就接連到垂直的斷崁了。幾株懸崖而長的竹夾桃上，掛著細細的葉枝蔓藤，上面結綴了好多白色的小花苞，還有幾朵已開，白透紫紅的花，咦！這花在這季節之前沒看過哪！友人說是雞屎藤，現在正是開花時節，會一直開到秋末，湊近一看，長鐘形白色花苞上滿布綿細的茸毛，紫紅色部分內藏在花心裡，到了花頂才探了頭，給了顏色，摘了葉子搓揉一聞，哪來傳說中的雞屎味啊！甚至覺得還有些微微的清香。入眠前的殘影，似乎一直在紫白色的花叢內游移、打轉。雨聲，在耳邊。

今早一起，風雨聲響稍無減降之勢，客廳兩片大落地窗都安然無事，園子裡的盆栽，除了正在栽養的小羅勒、已經結莢的綠豆三寸盆一面倒向東邊之外，幾朵圍欄邊的扶桑花，嬌弱不堪風襲，掉落在鳶蘿花盆裡，其他，全數好好的。開了門，眼前的大屯山濛上了一片蒼色，不知是雨還是霧，由西北邊魚貫列隊地斜向飄移至東南方，接續不停的，我踮起腳往大屯山下勢的那一端眺望，繁華緊密的都市樓群，今日像是大衛在玩魔術般的，被藏到灰白色的布幕底下，唰一聲，突地消失了蹤影。幾棵遠處從底下農地邊緣，脫拔聳立與屋頂平行的南洋松，順風搖曳的幅度比昨晚還要大一些些，望向南洋松樹底下的木瓜樹群，半傾倒了一棵，心中大感不妙，眼睛趕緊掃射田裡一圈，看見老農夫婦的田畦裡，從刈菜堆中特地樹立給南瓜葉攀爬的竹竿，全部倒了呀！眼光隨後移至我那一塊榻榻米大的小田畦上，那棵長得十足旺盛的九層塔，竟然也倒地了！

我挽了褲管，馬上跑下田裡去，檢查它的根與莖幹的部分，還好沒有斷裂的跡象，只有一些細根被拉出了土面，一大株倒向南壓

到了前面正在生長繁殖的圓形茄子，一小株倒向北，直接鋪上了田埂，肯定是葉子太過茂盛，我來不及採集，整株是頭重腳輕，扎根又不深的關係哪！平常時日，覺得這九層塔小灌木站在一大片低矮的野菜田中還頗挺拔好看的，不急摘也不理它，現在可好了，踏在積水的田埂裡，彎腰繼續檢視我的其他小作物，發現腳底傳來一陣冰涼，喝！我竟然沒穿鞋啊！不管了，我看見那一株果實纍纍，等待綠翻紅的辣椒，也垂下頭來貼地了！是連夜被雨淋得讓它臣服於地了嗎？檢查辣椒的根莖，都尚未有折毀的痕跡，肯定也是枝梗負荷不了頂上那密密麻麻綠椒的緣故，看來，往後我不能老是採放任式種植，該分枝要分枝，該梳葉要梳葉，裝些竹架，挺一下也好，別讓它們在毫無遮蔽的風雨裡，孤立無援哪！

在已沾滿泥巴的腳邊，撿起了一顆未熟的綠色大蕃茄，另一顆對生的綠蕃茄，還好端端地掛在梗枝上，但也已呈現搖搖欲墜貌，乾脆也把它拔下，讓它們倆同進退好了。原本沿著壁緣而長的大蕃茄，我以為幫它們找到了自然的可依賴的靠牆，但無法掌握的風雨一來，也恐被硬生生打落、拆散。而其他沒裝支架的小株蕃茄們，那時抽長之後，細梗不堪負荷，直接傾倒在地，我觀察一陣子之後，發現小蕃茄也長得頗旺盛，一顆顆不斷地出來，就沒管它了，讓它們像野生的一樣繼續滋長。儘管，其他經驗豐富的老農家們，老是在定時定地為蕃茄們架起工整的竹架，但我相信，植物自己會說話，自己會表達生理狀況，舒服或不舒服，它們會展現給我看，只要我能用心接收到這無聲的訊息。於是，後來直接讓它們橫躺著地長了，果然，算是挨過了這場風雨，目前尚無折損之處。

前陣子，剛好從日本採自然農耕法，成效不賴的木村阿公的書上看到：「蕃茄倒地長，可以長到六公尺以上，甚至十公尺，果

雨後的田畦

實還會對稱長的，又特好吃。」木村阿公，您真給了我信心哪！在那小小田畦裡，還有好多可以嘗試的種植法，等待我自己去發現，一些積習已久，以為常態的觀念與習慣，可真都要拿出來好好重新檢視與實驗一番了！

　　雨不斷淋在我身上，且已漸漸滲進衣服裡囉！趕緊在窄窄的小田埂轉身，欲返回屋內避雨時，膝蓋碰到那株原長得與我肩膀等高的紅莧菜，腰折了兩半，枝梗一半還結實地矗立在田裡，另一半已垂垂斜靠在石壁上，枝梗帶葉繼續無奈地挨著雨打，看其情勢已不保，便順手摘了幾片嫩葉帶回去，發現數量太少，可能兩口就沒了，便低頭開始找沿著石壁下蔓長的地瓜葉們，低矮的地瓜葉們看似沒災難降臨的樣子，便迅速地將葉子長得最多最長的一串給採下來，好帶回去跟紅莧菜炒成一盤，作為中餐。

　　臨走前，再看了看蘿蔔蘡葉、小圓茄幼苗，還有小蔥蔥們都還在。在風雨未歇中，我能做的，好像只有祝福，祝福大家在這無法抵抗的自然天候下，都能挺得過去，能更茁壯，來日以更展新枝嫩葉。

雨後滴答

10.4

　　坐在咖啡色與棕色交織、粗麻質感的地毯上，握著陶杯，喝著阿里山烏龍茶，熱氣衝上眼鏡，一陣輕霧半遮了眼。瞧見柵欄上的扶桑花垂首，迎風微曳，束合未開的白色扶桑花苞，好幾朵都掉落在牆內的盆栽裡，連雨數日，未歇，它們只好繼續頷首道好，繼續花落我家，繼續領風受雨，在細枝梗上搖啊搖。

　　望遠處被濃霧遮蔽的大屯山，今日是否有撥雲見隙的可能了？只見迷霧仍在加深加朦當中，就連屋舍下的田畝也都被侵襲了。陽光斜斜照進大門落地門前，見幾絲淡霧，悄然飄進，趕緊從毯子上起身，移位到敝舍的景觀第一排，那裡放置了一張 60 年代、深咖啡色皮的低矮扶手沙發，高度離地不到 30 公分，角度正好，可以坐看雲起、落日，乍現的彩虹，丘壑迭抑，山色變幻無窮，換幕速度之快，只要一不留神就會錯過精彩片段。

　　坐下來，定睛看著那一條長而灰白色的巨大霧毯，脫力地輕覆了整片橫向的山域，也等於覆擋了我每日眺望那前後遠近序列的三座山，與左側山緣下勢的那一端城市榮景。今日更甚地，霧毯加寬加長了，調皮似的將我俯首近距即可看到的田苗也給遮朦了。我把長褲撩高，伸出腿來，腳踏在鋁製的門檻上，想用無衣物包覆的裸之肉身，去接迎那漫進的水氣。絲絲若無，卻有感於飄黏在我腿上的溼涼，山風間隙吹來，更覺這秋日況味不僅顯色於山，也顯於感官的易敏。

在山上，夏日稍熱的氣息，總是把人微烘得坐不住，老想往山林裡奔馳！白天平均溫度 25 度以下，比起大台北城那極熱極悶，極度讓人厭煩的黏膩與燥氣，已經是到了享樂天堂的級數了，可微微的熱氣，尤其是中午時分，還是會把人從椅子上趕至森林裡，傾刻便消解盤旋在頭頂上的悶息！

秋日，白天平均溫度 20 度，舒爽涼快，即使呆坐在家中，看雲看霧看樹看到眼花，也都不會想要移動，常常就定坐著，不想挪移，反正山巒不會移，大地也不會背離，直覺得，光陰彷彿封存在我身體裡了，我們彼此不活動，不運行，一切也都不會因此毀壞、頹圮，所有的美好時光就此安靜定格，而我就是那個天賜遴選的載體。

打開落地窗，與地氣一同呼吸

際，以全面坦獻之姿，擁抱這時時環繞於我的天地。我走進它，它覆納我，如此應合，每每與之近身相會時刻來臨，我心中老是會浮起一句話：「我是準備好了來迎接大地的呀！」對於身體，從來沒有那麼敏銳過，對於生命也沒有那樣確信過，這，我所愛的大地，也從來不過問我，以往那些匆匆流淌的歲月，是怎樣蓄存在我身子及腦子裡的？它，默允地張開雙臂，讓我無須帶著過去種種記憶，走進去。

今天，算是風雨連袂出巡之後的首度茗開之日，但半退場還半流連的，只讓太陽偶爾插班，撥雲破霧來，探出頭，淺淡稀薄的光線驅前，緩緩逼退些微田畝上的霧氣，已看得見田畝邊緣幾棵木瓜樹下，因凝滯的水氣在木瓜葉上已飽滿的醇熟欲滴，開始準備滴滴下墜於平行開展的姑婆芋，其中兩片芋葉的位置正好可全面盛接，大小不一的雨滴重量，使其葉子搖晃擺動的姿態饒富趣味。一下子像漏接球似的，當水滴已經快滑落至葉的尾端時，讓老葉半晌會意過來，才開始抖動身體，但球卻已經滾啊滾出了界外！小一點的雨滴，輕輕觸落葉面之時，像是一隻躡手躡腳的小精靈，從缺口葉緣欶地滑至葉心，一見大門沒關，主人不在，便開始繞起圈圈來，大圈圈小圈圈，一個太過忘形，不小心就給離軸了，離軸了那該可好，姑婆芋葉表面那一層綿細的薄霧膜，整個平整光滑不吸水的，讓這幾個想要玩極限滑板運動的傢伙，根本沒有抓地力啊！一不小心，一隻隻便從葉緣破裂之處給傾飛出去，落入泥地裡了。

另一片姑婆芋，呈現水平葉態，完全向著天的，雨水滴滴落落，由小小河川串流成大海似的，全部凝聚於微凹處的葉心，晶亮透明，像顆大水鑽似的閃呀閃，也像久日不見，一上場便帶著十足元氣的朝陽，發射出熠熠的水光。綠色略白的葉脈，宛如國旗上

十二道長列序排的光芒，以放射狀，不約而同地齊向這顆蓄水飽滿，表面張力充足的水晶球致敬。圓弧通透的水晶球表面，有著凸透鏡一樣的功能，能映照周邊景物，也能奇異地放大、吸納，裡面正縮藏著的，是一個迷你版的田野世界，有山有樹有菜有花有草有蟲有風也有雨，彷彿，即刻已自成了一方小天地。

之後，陸續不斷有水滴們趕來聚集以擴充陣容，沒聽過滾水滴可以越滾越大吧！但感覺這顆大水鑽是以能涵納百川的胸懷在招兵買馬，在挺著的，在這巨大姑婆芋還夠強壯夠能招架之際，只要大風不來打散宴席，破壞好事。而此刻，一場田裡的祕密聚會，正如火如荼地進行著呢！

雨時近景與遠山

秋葵壯勢的夏日

生長中的秋葵，
有開花有結實

　　秋天已至，看著小田畦裡那九棵徑長的黃秋葵，棵棵梗粗葉展，果實花苞仍結綴纍纍的，兀自傲視整個田畝，唯入秋後，葉子已經漸漸稀落，而稍稍有了減勢之姿，就像大多數開始掉髮的中年男人，表面生命跡象仍旺盛，但實則揭示著身體內某些生理激素的銳減。不過，關於葉片的稀落，還有一個原因，那不只是體內荷爾蒙或是葉片數量多寡的問題。

　　當秋葵從夏季極度盛茂的青春活力時期，層出不窮地冒出新鮮芽頭，延續至夏末仍然威力不減地出芽出苞，枝葉奔放有餘，姿態盎然招搖之時，突然招引來了一群螢光大軍！有好幾隻小肥蟲，不知哪門哪派，螢光色綠黃相間條紋，中間還整齊且等量分布著黑色斑點（三個點為一個單位），全身插著細長的白毛，肥嫩的短腳還蹬著螢光黃的高跟鞋（很像台北東區來的）。這群長得比秋葵還吸睛的肥蟲們，開始在刺毛林立的葉面上大肆地啃蝕起來，這可讓經過一個夏天，整株挺拔長到一百四十公分高的大漢（相當於一個小三學生的身高），在蔬菜界也算是巨人的秋葵，像被小跳蚤跳上腿咬了幾口似的，看來就有點蹩腳、難受的樣子，這雖不至於折損大漢直挺挺的外貌，也不至於直接殃及莢果的生長，但，葉片經過小蟲們放肆地啃嚼之後，蟲洞滿布，跟飽和挺拔的形象簡直就快不相襯了！

這群螢光肥蟲大軍，從第一棵秋葵，遷移至第二棵，到最後九大行星都可見著它們開墾的痕跡，且不是舉家移民，上演新居落成就罷，而是在征服過的領地上，留下了大量的後代子嗣以嚴守陣地！有時候，可以看到在每一棵秋葵上領軍的頭頭，在顛顛撲爬之後攻上了頂，便大大犒賞自己一頓，忘形地埋頭大口大口嚼啊嚼的，絲毫沒發覺到一雙瞪大的眼睛，正在看著他得意的吃相！有時，不見首領蹤影，只見成堆的蟲卵列排在葉子底下，整群正醞釀著，盤算著伺機孵出，以咀嚼全世界。

測不準這些幼蟲何時會迸出來，他們似乎看準了我這個業餘農婦，略帶懶惰也略為慈愛，不會出手捏爆、掃除他們的，甚至，有時候我還覺得螢光肥蟲在菜園裡大剌剌地閃閃亮相，還真有點兒可愛呢！後來相處久了，知道蟲蟲不會對莢果有非分之想，就大方捐出葉子讓他們啃啦。看來，這群螢光肥蟲長這麼漂亮，算是秋葵養出來的，搞不好他們之間早已達成了某種默契，相互依生，只是秋葵大漢似乎沒法兒規範他們，要怎麼啃才不會像狗啃過的，已顧不到門面儀容去了。

在秋葵葉開枝闢葉的同時，螢光小肥蟲家族也在擴大勢力中，可說是積極參與了每一片葉子的成長史，而在葉與葉枝上的交會之處，不論主幹、旁枝，也不斷有淡黃色的花兒冒出來，一起共襄盛舉這場夏日喧鬧，熱力十足的秋葵趴！每日每日，輪替開著，一朵一朵，像是靜默的守門者，在守候著保護著，門後即將出現的禮讚！當花兒全然綻放之際，便是在宣告新生秋葵即將來臨，隔了一夜，花朵已無聲的殞落於泥土上，在其開花的位置，乍見黝綠色，短而幼嫩的秋葵，一根、兩根，大家像是約好了出場順序似

的，在同一株裡，很少有同時綻放的花朵，也等於很少有同時出生的秋葵，但，總是在各個枝梗的分岔處，可以同時看見好幾顆小小尖尖的芽頭正在冒出，好像在等著身穿黃色制服守門員的一聲令下，漂亮揭幕，應時登場。

　　每日巡視我那榻榻米大的小田畦，總是有種錯覺，以為我真的很有種菜的天分，尤其是看到那九棵秋葵每日旺盛的向天爭長著，每天芽頭不斷地冒長著，實在很鼓舞人心哪！還記得採收的第一枝秋葵，竟然長達十八公分，卻依然嫩綠可人，興奮地趕緊捧回屋內，用水煮了一兩分鐘，撈起，用刀切的時候，原本以為在接近蒂頭的地方，會比較粗老，即使外表摸不出來，刀子一切進去的俐落度總是可以感覺得到，畢竟以前在市場買的秋葵，都不超過十公分的，從沒見過這麼長的呀！還懷疑自己是否錯過了採收的時間點呢！但，每一刀下去，都滑順流暢，還沒吃之前，就感覺到秋葵的滑潤汁液躍躍欲流了。

　　切了薑末，加入黑醋與蘋果醋，倒進幾滴蜂蜜，覺得還應該加進水果的酸甜，於是馬上跑去菜園摘了幾顆聖女小蕃茄回來對切，與幾片小星星般的秋葵切片，和在一起，把醬汁倒入，攪拌。一口秋葵，一口蕃茄，尤可感覺到，秋葵入口，先碰唇的是微細的刺毛，後即輕滑入口，黏而不稠，那股特殊滋味是難以形容的，很草生，很鮮綠的，在嘴中咀嚼，把黏液與青嫩飽滿的果肉給一點一滴嚼出來，搭上蕃茄的天然微酸微甜，和著能讓口味頓時升揚的薑醋，秋葵專屬的口感與口味，全含在口中了，那盛暑下吸滿了太陽、雨水、土壤而生長的精華，全在這裡了，雖無法一時全盤理解大地運行的奧妙，但長在眼前的，我每日看顧的，螢光肥蟲每日光臨的一切，都在一口一口的咀嚼中被體現了。很開心我能恭逢

這場盛會，這有趣而曼妙的滋味，已處處洋溢在我身體裡，充滿在我生活中。

放眼望去，所居住的整個山區，鄰家農人沒有一家有種植秋葵的，我問了原因，一來是秋葵長成時，總是東一根，西一根，無法大把大把的採收，要拿來賣的話，量太少，收成時間又前後不一，秋葵放久了，表皮很容易就呈現褐色的斑點，賣相實在不太佳，除非像超市那樣是經過藥水處理過，可以維持短暫的鮮色感。二來，這附近賣野菜熱炒的店家表示，秋葵這道菜，通常作成涼拌居多，來這兒吃的客人，稀稀落落頂多點個一兩盤，而且，秋葵是很多人不敢吃的蔬菜，只因它那黏液與味道！

是啊！秋葵特殊的氣味可真是令人一嘗即難忘懷，就連長相也是。有人說，像長長的、翹起的手指，歐洲人叫它「美人指」，也像尖尖的羊角，被喚為「羊角豆」；中國人說它黏滑的液體很顧胃，也被稱為「胃豆」。我是在近幾年才吃到秋葵的，第一次吃便感覺其口味的奇妙，記得那時候是搭著味噌醬一起吃，很日本的吃法，還以為是日本來的菜，像納豆一樣呢！怎知，這秋葵可是從非洲這個熱帶國家移民來的熱情大漢仔，據報導，有的品種甚至可以長到兩米多，無怪乎，我曾經看過一張照片，是一群在秋葵林底下散步的鴨子，不知這些鴨子除了吃秋葵葉長大，那堅硬的扁嘴還咬不咬得動掛在蒂頭上的熟秋葵。

現在自己栽種，莫名的多了一種革命情感，在採收的時候，心中油然而生的 OS 是：我可要好好地對待（料理）你們呀！你們可是我半踏入農界，初試身手的首批作物，可別讓我漏氣了喔！於是，有回在同時採收了十幾根秋葵時，趕緊找朋友來家裡吃飯，打

算請大家品嘗自家種的秋葵美味。腦中回憶著初嘗味噌秋葵時的醬料口味，尋線想像，便把帶甜的醬油跟味噌、味醂，加上一點早上泡的溫茶，和一和之後，淋到用電鍋蒸熟並切好的秋葵片上，再灑上熟的黑白芝麻粒。另外幾條，因來不及採收，過熟而抽長、稍稍變老的秋葵，丟掉覺得可惜，最後還是把它給採下來，想著，如果不做成沙拉呢？用水煮熟之後，把較粗厚的部分去除，留下還算軟嫩的部位，跟醃製過的香菇梗，加醬油、辣椒、九層塔一起用大火拌炒，脫去清純的涼拌沙拉形象，想不到，秋葵也可以走華麗搖滾重口味路線吧！（Rock）

這九株秋葵啊！可讓我人生中首次嘗到「盛產」之累，便分送給附近的農家，以秋葵會友，換了些苦瓜、絲瓜回來，雖然順利打進了附近的農友圈，但卻讓我中了「季節限定款」過量的餘害，依我的飲食，大概一次要種個二十幾款蔬菜，才能供應我這種很容易吃膩又喜愛多重口味的習慣。就在與秋葵廝混了四個多月後的夏末某日，我蹲在田畦裡，望著成堆的、掛在枝梗上的秋葵，真情告白：「我們可以暫時分手一陣子嗎？」

於是，在入秋時，把還沒採收的秋葵，都留在枝梗上，等它變乾，變成淺褐色的乾莢時再摘下來，取出種子，裝進小棉紙袋裡，分送給眾親朋好友們，自家採種，記得還要自家善後。我也留了約十顆圓滾滾的灰白色種子，以期待明年夏季，與秋葵們可以再度共盡田樂、共享野宴。盛產的事雖不能管控，但善盡美味之能事，我至少還能揮灑，要不然就吆喝友人來一起辦個秋葵大賞味，拿出真功夫來搞一場秋鬥？這主意不錯，就這麼定了。

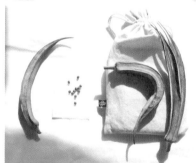

1 | 2

3

1. 羅勒苗培育
2. 木瓜苗招領
3. 秋葵種子

住在山區，關於食的部分，最不缺的就是民家種植的蔬菜，以及自然生長在山邊的野菜。民家專門種植的蔬菜主要是為了賣給從城市、山下來的觀光客，或是爬山偶然經過的登山客們。

友人問我：「現在有機的品質也堪慮，哪裡還找得到沒有農藥的菜呢？」

我就住在山上的農人圈裡，很明白農友們有很大的收成壓力，因此，或多或少都會施些肥料（動物性居多），或者怕野草過於茂盛，噴點除草劑之類的總是在所難免，如果要在山上吃到沒有農藥味的菜，那麼，我建議可以去摘食山中的野菜。

因為，蔓生的野菜，無須照料便可以茂茂然地一直生長，代表的是，它們適合在地的氣候與土壤，也代表著，無須人為的過度照料（施肥、除蟲、移植），也能在這樣的環境內，自成系統，自己找地繁衍，百年生而不滅，這可說是天在賞食啊！

既然天來賞飽，我只有滿懷欣喜地接旨了！

務食主義

CHAPTER 02

山邊菜市集

MARKET

菜攤一號

菜攤二號

菜攤三號

菜攤四號

菜攤五號

菜攤六號

菜攤一號

　　白太太，從年輕時嫁入山內，脫離城市生活運作後，便開始過著耕種與賣菜的生活，至今已逾三十多年。她跟她先生的菜攤設置地點很巧妙，位居竹子湖要入更高海拔——頂湖的入口處馬路旁，所有入竹子湖的車輛與人群，必定經過此攤，可謂古時候重要的交通驛口。每次散步經過，常看到各大廠牌進口名車一輛輛停在路邊，搖下車窗對著白太太遙指點菜，或者下車親臨菜攤，彎著腰，對著一堆堆白菜蘿蔔青菜，賞玩似的挑選，也順道應景似的殺起價，要菜販多送一把蔥蒜。一條彎曲的白線區劃了白太太攤位的長度與寬度，倒置的塑膠方形菜籃，成了菜攤子的主要架構，上面直排羅列著 90% 自己栽種的應季蔬果，以及醃漬物，如菜脯、鳳梨豆腐乳、乾刈菜等，主要賣給常常來山上爬山運動與吃飯的熟客、部分觀光客；很多住在山上，在電視上看得到的明星，也都會不時出現在這裡，身著休閒服，素顏，帽簷低低，野趣似的問著哪樣蔬菜怎麼烹煮，有沒有其他的吃法之類的，像下了鄉的貴族，不知民間在時興著什麼樣的食物。

　　頭戴長版遮陽帽，手套、雨鞋，全副武裝緊緊包裹，以對應炎熱

太陽很大，照著攤子上的菜都在發亮，白太太的笑容很燦爛

的太陽，或者時不時的濃霧襲來，水氣氤氳，將菜攤團團包圍的潮溼
天候。白太太，除了颱颱風之外，一年四季，每天早上十點前就會出
現在這裡，直到傍晚收攤。下雨就用幾支雨傘遮就好了啊，濃霧來了
更好，讓客人撥著霧氣挑菜，好像打開家裡的冷凍庫般，有著迎面而
來，新鮮的滋味。白太太丹田飽滿的大聲笑著，一邊手不停的把今天
從田裡拔起來的刈菜、龍鬚菜捆成一束束，有序的攤開擺放。

　　我是她的常客，第一年搬來山上住的時候，第一次買菜就跟她打
熟了，她說她有在蘋果日報看過我，是個她叫不出名字的作家，還
因此獲贈了一把紅鳳菜。她與人交談的切入方式很有趣，隨性的問候
有著打探你是誰的意味，卻讓人毫無防衛的回應，也許是太多城市來
的人們原本意圖遮掩的面紗，被山區自然的氣味給掀開了，重要的

是——白太太，一個與大家毫無關聯性的菜販身分，及其敞朗的招呼與笑容，讓人暫時忘了身上原有大大小小賦持的符號。

時值六月天，太陽很大，照著攤子上的菜都在發亮，鮮綠的豐富層次從白太太身後的樟樹與南洋杉，疊迭到前排的菜組來，我最喜歡買她的長豆、山苦瓜與山藥，還有冬天必買的白蘿蔔與高麗菜。她說白山藥要選皮薄、好削皮好處理的，不然整支滑溜溜的，會讓人感到不方便而放棄這道菜，殊不知光是生吃就很營養了耶。與之交易數年後，冬季的某一天，白太太突然授予選高麗菜與梅花蘿蔔的祕訣：高麗菜要選外葉凍到發紫的那種，高麗菜非常喜歡寒冷的環境，因此，越凍越是將其甜度凝結起來，越是可口。而又短又圓的白蘿蔔，則是自家培育留種的梅花品種，30 年的梅花種所種出的白蘿蔔，外面可沒得買，全世界只有這攤有。

她私授予我挑菜祕訣，可能是因為我早已是她心中認定的農友。而吾人認為與農家人交誼的玄妙之處與最高峰，不只是起床時打開門，門前攤著一堆他們好意堆疊起來的菜，而是，農家人願意將自家研發的獨門祕種，不藏私的交給我這個年資尚淺的農友來栽種。

整理自家菜攤蔬果

長豆

菜攤二號

主廚大姐

攤販年資：四十餘年
坐落地點：竹子湖猴崁半山腰
菜餚推薦：枸杞葉、珠蔥、水芹

PROFILE

　　三年前，阿香從印尼來，不會種菜不會煮飯不會做家事，到現在可以照顧一位年邁 80 歲，雙眼視力退化，腳力不行，全髮銀白的老太太。

　　在資深農婦（老太太）早已無法完全下腰拔菜的狀況之下，以動聲指揮的方式，讓她從翻土、播種、澆灌、除草、施肥到割菜收成，順順利利在短時間內將整套農作學會，自此後，不時從菜園傳來收音機的聲響，及她的應聲輕唱，便有感於此印尼農婦在台灣所吸到的空氣，跟她的同胞鄉親們，是截然不同的。她說，她在家鄉居住的自然環境跟這裡差不多，但是一下雨滿地都是泥濘，很不好走，這裡很安靜，舒服，人跟狗都很少。山上是她第一個在台的工作環境，問她三年期約過了之後還會不會來？她說還不知道，但她媽媽希望她能夠回家鄉嫁人。阿香今年 23 歲，會講國語與台語，外國人來她僱主的餐廳吃飯，她會用英語跟人家交談，日本人來，她好像也可以招呼上兩句，從沒見過她假日下山去跟在台灣的同胞聚會，因為假日通常是餐廳最忙的時候。

肩扛著剛收成的大冬瓜緩緩爬坡

　　我跟她的情誼，經常隔著一片塑膠格網的內外，隨機在發生。
每每在菜園裡忙碌幾巡之後，她見到我坐在客廳茶桌上泡茶、吃飯、
看書時，時不時就會嘟噥的喊一下（叫我小姐還是太太，操著台式印
尼口音），右手夾著菜籃，左手伸長過圍籬，踮起腳，將手裡剛摘下
來的長豆、芥藍花或者幾顆帶葉的小柑橘，遞給我，還用手指靠近嘴
巴，示意要我不要說出去。有時候，出門散步回來之後，會赫然看到
幾棵綠花椰恣意的躺在我的榻榻米上，落點之隨性，一看就知道是穿
越圍牆，從隔壁急速拋擲過來的。當然，這是阿香有樣學樣。

　　菜園旁的餐廳主要掌廚的是一位親切的大姐，張羅廚房烹煮之
事，當然園子裡的菜之生長狀態她也必須瞭若指掌，因為整個菜園就

是她的彈藥庫，比起山上其他農家，大姐的菜園雖不到一分大，卻像是隨時全天候待命供給給隨時前來的登山客或專門上山來的都會型饕客，時時須清楚點閱今天田裡收成了哪些菜，以應時上菜。阿香就是大姐的侍衛長，負責拔菜、洗菜、切菜、點菜、端菜、收拾碗盤。

細細的珠蔥會搭著金針菇與滑蛋一起煮的大概只有主廚大姐這家，每道青菜幾乎都會有些小變化，枸杞葉配香菇絲、水芹與蘿蔔乾等，內藏的小巧味就是大姐的誠意，也是烹飪江湖一點訣，所以，眾多美食評論家簽在牆上的讚美詞，可不是付費廣告哩！

偶爾，想吃他們家的菜，又想避開坐在不時有客人往來的餐廳空間，就會隔著菜園與我住處間的那層塑膠格網，跟阿香點菜，阿香送菜來時都會高八度，一道道喊著發音不正確的菜名。有次隔著網，看到她用肩扛著剛收成的大冬瓜，對著我說：「小姐缺瓦斯嗎？」當晚，我就有了一小輪冬瓜，可以現煮甜味、鮮度都在置高保鮮點的冬瓜薑絲湯。

這樣挺好的，彷彿我的三餐菜色是由附近農家供應廠所決定的，雖然我還沒有依著四季決定選擇菜種的能力，但順著在此深耕落地數十年的農家生活時序下的運作產出，承接了成熟的瓜菜果實入肚，也承接了自然大地所供養孕育的無限以續存生命。

而藉由貼心的主廚大姐之手，將山裡的菜轉化為令人開心的物質能量，這裡可以說是登山友補充能量的中繼站，也是我品味現摘蔬菜與料理精髓的初體驗之地。

1	1. 主廚大姊照顧的菜園一景
2 3	2. 主廚大姊照顧的菜園
	3. 剛採摘收成的人蔘葉

菜攤三號

　　清晨時分，鐵牛車發動的巨響，抖散了一整晚沉滯的寧靜之灰，也揭示了老房東先生與房東太太一天農務的開始。老先生開著鐵牛車到遠一點的田裡去，開始翻土、種植、採收或拔草、施肥等，老太太則在大廚房烹煮早餐，或者到近一點的小田裡去澆水、蓋布、摘些瓜菜，夫妻倆週間不間斷的辛勤耕作，在週末假日才有足夠的菜，販賣或煮給客人們吃。

　　我的住所，開門即是一片菜田，菜田是房東的，因此，這裡可說是我近距離觀看農人如何種植、耕作與收成的地方，也是親見蔬菜買賣的最前線。

　　假日時，房東會在一入大門的左邊，沿著兩面用空心磚砌起的圍牆，搭起一個三角形牆角空間，暫時性地拉起披掛著蘭花布類的遮陽棚。一個電子秤，一把小椅凳，五種大中小不同尺寸的紅白相間塑膠袋吊掛在空心磚牆上，兩頂斗笠，一面白板，一個放鈔票的木櫃，冬天時會多一台煎蘿蔔糕的鐵板機器，數個藍色、黑色塑膠菜籃，以及

白色保麗龍，一籃籃盛裝起的當季蔬菜瓜果散置在地面上，這裡是蔬菜零售販賣區。

　　另一處，桌子上一排排方形塑膠籃整齊擺放各種有名字的菜，一個個供食客現場挑選，這裡則是現煮區。假日很多登山客爬完山就來這裡吃山菜、買山菜，說是只有山上才有的菜也不盡然，但是種類繁多，而且訴求是現採的，看得到農田產地的，總是感覺較新鮮、較有野味，再加上，這裡有個木構造架起的無敵大觀景平台，位置就在我住所的樓頂，是一處可以同時遠眺城市密布的樓房以及紗帽山景，一處集煙硝凡塵與自然野性於一景的壯麗視角，想來，這可是這家野菜小吃館獨一無二的優勢。

　　經常聽到遊客在平台上眺望農田，大聲指認說這是韭菜還是蔥的

對話，不然就是好奇地下田去親自瞧瞧各種菜的相貌，原來刈菜長這樣，塔菇菜長那樣啊，活脫脫是一塊教學田。青春嶺小吃讓人恢復青春時期無邊的好奇心，而山上的魅力與山菜的吸引力，正好填足了慣居城市者的獵奇心，一種有別於平日，需要花點時間，遠距才能到達的探索時光。

房東太太原本是主廚，但年邁八十，平日農事從不停歇，所幸家裡的小孩假日會上山來幫忙以減輕她的工作量，主廚後來換成了媳婦，但即使人手再多，她還是親自坐鎮菜攤前，一把一把秤著菜，或者親自煎著蘿蔔糕。每次跟她買菜，幾乎都是三把算一把的錢，讓我很不好意思，想來多找朋友來買最應季的筍子應該是最好的回應之道；桂竹筍、綠竹筍、夢宗筍等筍子的季節限定款輪番上陣，也是蔬菜中單價最高，滋味最鮮美的。

我跟她之間，沒有討論過栽種與廚藝的問題，交易內容也只有房租跟菜錢。倒是會常常問她明日後日天氣如何如何。農家人都很會觀氣象的，好像頭一抬，指一招就知道天氣變化，因為這攸關他們的作物生長狀況，抓到了氣候節奏，就有因應之道，例如：大雨來之前後的採收期與太陽移轉的方位就大大影響農作物，或者多雨期就少種哪類蔬菜以免歉收等。我貧乏的農事知識與經驗，卻是一位農婦終其一生的歲月度量衡，這是個蠻妙的相遇與對比。但我不會說我學習到的是農人貫徹的精神云云（因為他們因應買賣有很多慣行農法是我不贊同的），但我會讚美這樣的生活型態──勞動流汗的感覺，的確比用腦有趣且健康太多了。

菜攤四號

林姓農友夫婦

攤販年資：三十餘年
坐落地點：竹子湖海芋田圈
菜餚推薦：芋頭梗、大蕃茄、絲瓜

─────────────

PROFILE

用鐵皮與塑膠遮棚打起的棚架，是林姓農友夫婦駐地臨搭的菜攤子，位於竹子湖海芋田的觀光要道上。在山中，馬路是較寬闊的水泥地，車子在夜晚駛過，偶見那塊黃黑條紋間隔的即時照明防護欄，已逐漸斑駁而不具警示作用，便順勢成了在地農家拿來擺放菜葉蔬果的菜架，第二層則利用較長的保麗龍盒作為高起的展架，有時太陽太大，就會多立一根自助型太陽傘罩著菜架，傘面是一般雨傘拆下來的，但傘柱則是塑膠長管。

這菜棚一搭，搭了三十年。數十根塑膠圓管作為桁架再披上幾層塑膠布做為屋頂，立柱是前後八根對稱的鋼構加上木條補強作為結構，再用幾片鐵板層疊起來做為部分的立面遮蔽，怕大風吹垮，幾條拉繩平均分布，穿越屋頂十字型前後左右固定於水泥防護欄邊。十分臨時性的、脆弱的菜棚子，風雨飄搖於疾風多雨的竹子湖，但林太太總是說：「沒事沒事，多綁幾條繩子就牢了。」彷彿自力造棚已然獲得無數如何讓其堅固的實戰經驗，加上笑口常開的樂觀性格，在林姓夫婦看似垂危的菜攤子裡，卻經常溢出笑聲，登山遊客們常進入

棚子內，一群人圍坐，喝水吃水果漫聊一知半解的農事。別看這樣的棚架，還可以充當瓜棚哩！常看絲瓜從地面攀爬到屋頂上，整個棚子頂都是絲瓜葉或是百香果葉，於是絲瓜結瓜時，就參差錯落懸吊在半空中，像是農家的裝置藝術，也像一種現場展示法。想來會有這樣天然的長法，絕對是自然野生的，農家人多年種瓜，多半也都半生養了，看勢結果前，便順手用套網一套，通常就順利的種瓜得瓜了。

四季蔬菜輪番上架，就像服裝換季一樣，有應季款有四季款，很多時候，遊客問起了有無特殊料理蔬菜的煮法，但不管哪一款，林姓農友夫婦通常是這樣回答：「清炒就很好吃了。」我第一次吃到芋頭梗就是在這裡買的，興致勃勃買回家清洗切塊，然後爆香，加水加米酒炒，結果吃了之後，喉嚨超癢的，一直猛灌水才比較舒緩。後來知道，有些人的體質是不適合吃某些菜啊！

他們是我進入種植生活心願，帶著和善與喜悅，樂意收下我所收成的第一批作物——「秋葵」的第二間農家。很遺憾，當時因為秋葵產量太少，不能即時成為絢爛的黃黑條紋菜架上的展示款之一，無法一償我賣菜的心願。然，我種的小蕃茄也堪稱好吃多產，但他們種的大蕃茄卻有另一番滋味，於是成了我常買的水果，此外，夫婦醃的蘿蔔乾也很純味，亦成了常買款。

　　有時中午驅車遊竹子湖，經過菜攤子，停好車，會先跟他們打聲招呼，然後走進菜攤後方的野菜餐廳，這家隱藏版餐廳是林姓夫婦的兒子媳婦開的關係企業，前面賣菜，後面煮菜。我常要求坐到頂樓去，那裡有三百六十度環山美景，桌子隨性一擺，陽傘一搭就吃起來了，經常包場，因為很少人喜愛在吃飯時還要頭頂著太陽。

　　經常為了這個環山景緻前來，其實菜是其次，不過人倒是關鍵，想著，種菜賣菜的生活還是得時常跟人群接觸，依著四季遇到不同的人，聊些關於菜的種種話題，持續而不嫌乏味，還能常保和樂氣息真是個本事，到底需要什麼樣的生命涵養，才能如此安然重複過活？我仍在思考著。

1	2
	3
4	5

1. 瓜類蔬菜
2. 套網的瓠瓜
3. 套網的絲瓜
4. 簡便的棚子菜攤
5. 四季野菜

No. ⑤

菜攤五號

躺阿伯

攤販年資：二十餘年
坐落地點：竹子湖海芋田圈
菜餚推薦：南瓜、地瓜葉

PROFILE

　　這家菜攤的阿伯常常躺在棚下的長椅上睡覺，以至於有些遊客在挑好菜之後，不知該不該叫醒他一下問說菜一共多少錢？當然，也常看他沒醒過來的樣子，有的遊客逕自把菜帶走，把錢留下，或者就放下菜走到對面那兩攤去買了。

　　躺阿伯的攤子是山邊菜市集裡面最小的，位置也很尷尬，剛好斜坡底端處，田地與填高的瀝青馬路角落，微微下陷的地方，因此，他利用了高低坡崁疊上了一排石頭與磚片以鋪平前段落差，以為地基。木架與鐵架是棚子主要的結構，牆面則是幾塊波浪板、木板層疊而成，天井處以幾張波浪板鋪開，再蓋上黑色蘭花布，內部空間大概兩個榻榻米大小，可堪比日本茶室規格。

　　至於菜的陳列處，就以一張撿來的門板平均架在三個藍色塑膠籃子上，可以看到出簷的長度剛好對齊底下的陳列架，如果不是下斜雨的話，應該還可以遮蔽一下蔬果。

1 | 2
   | 3

1. 躺阿伯的菜攤　　3. 蔬菜籃上的茄子與絲瓜
2. 甜玉米

　　我曾經跟他買過兩條玉米，幾顆玉米粒甚至有點壞掉，但吃起來卻很甜，甜到我一度懷疑他搞不好拿過神農獎。阿伯賣的菜類不多，每種菜的菜量也不多，葉菜類幾把，分成兩三束，賣完就沒了，但如果來回經過幾次，會發現好像菜量也沒減少過的樣子。

　　非常好奇他的田在哪裡？有多大？感覺真的是一人單位在運作種植與買賣，搞不好也獨身，因此，他無需張羅太多農務，只要自己種自己吃，然後再賣幾顆瓜，就可以謀生了。問其他攤位的農友，大家幾乎也對他不熟，只知道他可能住在哪裡，其他一概不知，他似乎也很少開口。總之，躺阿伯的身世比他的菜攤還要引人注目，被我偷偷喻為山中傳奇人物之一。

菜
攤
六
號

1/2

1. 百香果
2. 檸檬賣得很便宜

一樣是用藍色塑膠籃倒蓋而成的菜架，整個菜攤坐落位置在石板疊起的高處，客人買菜時眼睛的位置是平行菜架的，因此，在這裡買菜會體驗到，點菜是要抬高手臂用手遙指，矮一點的人則要踮腳尖。這攤看起來就好像是隨時準備移動的便利型菜攤，兩頂收放自如的遮陽棚，一個小推車，牆面貼滿廣告文宣，賣的東西則是五花八門大雜燴，除了瓜果類蔬菜與水果，還有飲料與冰淇淋，經營形式跟其他在地型菜攤很不一樣，光是搭建形式就可略略分辨，可能是一

1　1. 方便客人選購蔬菜的菜攤設計
2　2. 石板疊起的菜攤

台貨車直接開進來本地，然後就地
即賣起來了。

　　會跑到頂湖來買，純粹是為了買水果，尤其是看到他的檸檬竟然
長很好，又賣得很便宜。菜農好像幾乎都只種菜，很少種水果，其他
攤偶爾會出現芭樂、香蕉或百香果，但還是極少量，看來水果似乎在
這裡的山內是很難種的，例如：我的檸檬樹開了很多花，卻結了很少
很少的果實，問了隔壁菜農，他說他也不懂，好像種菜的就不懂種水
果似的，兩樣技能大大不同。但還是希望山邊菜市集可以多加水果類
種，一次購足最好，我就不用跑到頂好超市買水果了。

山菜廚房

81道料理

蔬菜類

沙拉類

粥飯類

麵類

湯類

豆腐類

蔬 菜 類

VEGETABLES

九層塔炒蘑菇

可以的話，我想編首歌歌頌一下我的九層塔及羅勒。從第一代種子育苗成功開始，它們便成了我的伴手禮，來探望我的或前去探望的朋友，都免不了要分送出去一兩盆十公分大的九層塔苗。之所以好用與受歡迎，理由是好種（只要守住不要讓它乾枯而死），又好搭菜；想一想，炒蛤蜊等海鮮類、三杯類料理，以及義大利麵醬，還有路邊的鹽酥雞攤，誰不愛辛香味特殊、無以取代的九層塔呢！直到我搬下山，它們仍是住在公寓式陽台土槽內首選的香草類植物，從沒讓我失望過的是，它們克盡職守，一代接著一代。

— 食材 —

市售蘑菇（建議去傳統市場買，可挑到較為新鮮的菇）、九層塔或羅勒

— 調料 —

橄欖油、醬油、白胡椒、米酒

— 作法 —

① 中火熱鍋，待鍋微熱，放入蘑菇翻炒至半熟

② 加入少許橄欖油、醬油、白胡椒，二次翻炒蘑菇

③ 起鍋加入九層塔一起炒

④ 加入米酒，關火

辣椒炒糯米椒

雙椒一起呈現可說是椒味十足。糯米椒是綠色辣椒，是辣椒與青椒的綜合味，但嗆度、辣度都不若兩者，或者說雖是辣椒屬，但是一點都不辣。外皮皺皺的、油亮油亮的，炒過之後，依然保持其鮮澤度，但炒過熟皮會太硬。這次的紅辣椒是自種的，但搞不清楚這批採收起來的辣椒為何不太辣，但也許這盤呈現小辣，會比較忠於糯米椒的原有滋味。

1
—
2

1. 即將收成的辣椒
2. 糯米椒

— **食材** —

糯米椒：紅辣椒 = 3：1
（份量）

— **調料** —

橄欖油、鹽、醬油

— **作法** —

① 糯米椒、紅辣椒去蒂

② 熱鍋，放橄欖油，糯米椒與紅辣椒一起下
　鍋，大火快炒

③ 翻炒時，加入鹽巴及少許醬油

④ 為保持辣椒口感鮮脆，不過熟，即可起鍋

小刈菜芝麻

小葉刈菜不若包心刈菜（俗稱長年菜，常被拿來燉雞），是種有人喜愛，但也有人排斥的苦味，但小葉刈菜稱不上苦，而是有一種內斂的，深色葉菜才會飄散的味（味道是全世界最難形容的東西）。如果加薑絲拌炒，你怕是早已經吃膩了，試試調入可提味的白芝麻醬，對苦味較為敏感的小朋友，也許能夠接受這種吃法。

── 食材 ──
小嫩刈菜（芥菜）

── 調料 ──
橄欖油、白芝麻醬、熟的黑白芝麻粒、鹽

── 作法 ──
① 刈菜洗淨，切段，熱鍋，入橄欖油
② 把刈菜較硬的葉梗部分，先放入鍋中翻炒
③ 加入其他刈菜葉，加入鹽巴，一點點水，翻炒後，轉小火蓋鍋悶煮
④ 待全株葉菜煮熟，熄火，利用鍋內餘溫，拌入芝麻醬
⑤ 起鍋，灑上黑白芝麻粒

秋葵三吃

　　不小心，一把栽了九棵黃秋葵！夏日的赤炎與適量的山泉水，讓它們活得十分挺拔、盎然，每日一到菜園，便忙著用剪刀把成熟秋葵堅硬的蒂頭給剪掉，欣喜地看著它們一條一條落入泥地之中，結實纍纍哪！不但讓我迅速地順利打進了山中的農友圈，也成為我個人端上桌面信心有餘的招牌菜餚之一。種植秋葵之後，總算體會到人生中第一次的「盛產」之樂；除了將多到來不及料理的秋葵們分送給友人之外，還研發新吃法與選種（以留作明年栽種的種子之用），著實成了我與秋葵之間，沒訂契約就早已經約好的默契了！

第一吃：｜味噌秋葵｜

— **食材** —

秋葵

— **調料** —

味噌塊、醬油、
熟的黑白芝麻粒、水

— **作法** —

① 秋葵去蒂，用水燙熟，或用
　　電鍋蒸熟

② 調醬作法：味噌＋醬油＋味
　　醂＋溫茶 or 溫水

③ 將調醬和一和，淋到煮熟的秋
　　葵，灑上熟的黑白芝麻粒

\Tips /

秋葵滑嫩，對胃極佳。調醬鹹中帶甜，茶可稍提升其甘味，芝麻一灑，多層次口味就出來了。

第二吃：│薑醋秋葵│

— **食材** —

秋葵、小蕃茄

— **調料** —

薑、醋、蜂蜜

— **作法** —

① 秋葵用水燙熟，或用電鍋蒸熟，小蕃茄對切，秋葵切塊

② 調醬：薑末＋白醋＋黑醋＋少許蜂蜜，就成了紅配綠的蕃茄秋葵沙拉

\Tips /

薑醋的酸甜，加上蕃茄天然的水果酸，搭配滑潤的秋葵口感，是夏季正點
不二的穩當當涼盤；亦可以用和風醬替代醋與蜂蜜。

醬爆秋葵　　　　開花中的秋葵

第三吃：｜醬爆秋葵｜

— 食材 —

秋葵、九層塔、香菇梗、蒜末

— 調料 —

橄欖油、醬油、味醂、米酒、醋、 辣椒

— 作法 —

① 蒜末爆香，炒香菇梗絲

② 秋葵入，快炒，加調味

③ 起鍋前加九層塔、辣椒，開大火收汁

\Tips /

給重口味素食者的巨獻，香菇絲的味道簡直可以尬過肉絲了！
身為秋葵好友的我， 別老是限制了它的路線才好。偶爾，也得
幫它變身成華麗重搖滾一派！

清炒地瓜葉

　　炒地瓜葉有何難度？答案是沒有，但是現採的就是威。住在山裡，通常地瓜葉不用自己種就會有，怎麼說？因為隔壁家的田，沒有圍籬，他們平時也沒在照顧地瓜葉，於是，長著長著就長過來我家了，所以，那是野生的，我算是它們的寄養家庭，接續著種，綿綿不絕一年吃三季（除冬天外）。摘取時，連同葉梗與前端嫩葉整串拔起，煮的時候，說是先要一條條慢慢撕梗的部分，但我通常很懶得這樣做，不然就直接去較硬的梗，不然就是吃的時候，一邊把咬到的梗吐掉。一般常見有心型地瓜葉與裂葉地瓜葉（有五爪與三爪），但深紅色的地瓜葉我還沒吃過；至於，地瓜葉會不會長出地瓜？答案是不會！我也曾蹲在地上試圖挖挖看有無地瓜，但五年過去了，始終沒挖到半條。（品種不一樣）

— 食材 —
地瓜葉、蒜頭

— 調料 —
油、鹽、醬油

— 作法 —
① 水煮：用熱水燙熟地瓜葉，撈起
　　後，拌些油及醬油
② 熱炒：熱鍋，爆香蒜片，入地
　　瓜葉，加鹽，快炒

清炒娃娃菜

　　適合在高山生長的菜系，每年冬天，總是特別受青睞，原因是它們有著特殊的蔬菜香氣，也許是低溫冷冽，致使其菜味用一種凝聚凝凍的方式予以蓄存，而既然味道如此得天獨厚的清甜，料理上就不用太複雜。娃娃菜（又名抱子芥菜）就是其中一種，它來自於中部海拔 2000 公尺的高山，長相特別，主莖口外圍全部是一朵朵的側芽，口味香脆甘甜，冬季時一定會去買來吃的必嘗款。

— 食材 —
娃娃菜（產地：中部高山）

— 調料 —
玄米油 、鹽巴

— 作法 —
① 嫩枝部分先一個個切掉之後，比較硬的菜心部分，需要削皮切塊
② 熱鍋後加入橄欖油，快炒至半熟，香味四溢
③ 加入鹽巴，一點點水之後，蓋鍋，悶煮幾分鐘，伺其軟化後，起鍋

水煮白花芥藍

芥藍菜是少數花、莖、葉都可吃的蔬菜，尤其是冬季的芥藍，黃花與白花一樣生長旺盛，用炒的用煮的都很夠味，如果不是剛摘採的，市售芥藍都帶點苦味，據說去苦味的方法之一，是先汆燙再炒。蠔油芥藍是經典的上海菜，通常只取芥藍的中段吃，因為莖的前段外皮纖維太厚，不削皮的話會太硬。想要吃到芥藍的原味，建議水煮滋味絕佳。

— **食材** —

冬天的芥藍，以及芥藍花莖嫩芽

— **調料** —

橄欖油（或麻油）、鹽巴、醬油、烏龍茶

— **作法** —

① 將整株芥藍菜（包含芥藍嫩芽及花），莖部
　削皮後，切段
② 熱鍋後放入芥藍，加水，蓋鍋悶煮
③ 滴一兩滴橄欖油或麻油，再悶煮幾分鐘，
　伺其軟化後，加入鹽巴後，起鍋

\Tips /

放多點水，湯頭清
甜，起鍋前可加烏龍
茶，增加香氣。

炒甜蔥

山裡的農婦都會說大蔥是甜蔥，因為光是蔥白的部分就蘊藏著無盡厚實的蔥甜味，更何況除了蔥白之外，蔥鬚、蔥葉也都各有其口感，中國人更是細部分析了各部位所含的營養價值。好的食材就是二話不說，單純吃它的原味就是了！

— **食材** —
甜蔥（大蔥）、辣椒

— **調料** —
橄欖油、鹽巴

— **作法** —
① 將整株大蔥切段，蔥葉尾部若太硬可捨去
② 熱鍋後放入油，先把生辣椒炒香
③ 入蔥段，加些鹽大大翻炒，不宜炒爛，以
　 保留蔥的鮮脆

野生川七二吃

除了地瓜葉可以在任何地方暢行無阻地恣意蔓長以外，再來就是川七了。當它野到山邊壁垂、民家圍籬外牆，都還不知可以摘來吃時，卻在熱炒店先認識了它，和著薑絲、麻油一起炒的滋味，簡直成了必點基本名菜。後來川七也順利從隔壁農家攀爬到我家來定居，有時不摘取，整個欄杆都會被它攻占。看著自然天養的蔬菜，日日出現在我眼前，有天突發奇想，把川七尖端長長的鬚一根根剪下來料理，竟然是意外的柔嫩可口。下次如果有人要清理長得過度茂盛的川七，記得留下頂端的細鬚啊！

第一吃：│敏豆香菇炒川七│

— 食材 —
野生川七、乾的黑木耳、香菇、
蒜頭、敏豆

— 調料 —
橄欖油、鹽巴、醬油、黑醋、特調辣椒醬、孜然粉

— 作法 —
① 黑木耳與香菇泡水，使其軟化
② 將木耳與香菇撈起切片，加蒜頭、敏豆快炒，加入醬油、黑醋、辣椒醬與孜然粉
③ 將川七置入香菇與木耳泡好的水，汆燙，加些鹽巴，2-3 分鐘便可撈起
④ 與步驟②一起拌炒 1-2 分鐘即完成

\Tips /
川七與木耳、香菇口感都偏軟，可加入帶點咬勁的食材進來。

第二吃：｜汆燙川七鬚｜

— **食材** —
川七尾端的嫩鬚

— **調料** —
橄欖油、鹽巴

— **作法** —
① 水煮滾，川七鬚放入，加一點鹽巴，悶熟，
　 連同湯汁起鍋
② 水煮滾，川七鬚放入，加一點鹽巴，悶熟，
　 不連湯汁撈起，加些橄欖油

炒塔菇菜

　　有人形容塔菇菜是加了奶油的青江菜，但吃了之後，我覺得它應該跟白菜有親戚關係，查了資料才知道是十字花科，屬於白菜的變種。我偏好不爛的青菜口感，因此塔菇菜深綠的葉梗，咬起來有脆感，深得我心。

— 食材 —
塔菇菜

— 調料 —
橄欖油、鹽巴、醬油、白胡椒

— 作法 —

① 切除蒂頭之後，一葉葉剝下來清洗，因為泥土很多

② 熱鍋後放入油，塔菇菜放入，下調味，翻炒幾分鐘即可起鍋

③ 入蔥段，加些鹽大大翻炒，不宜炒爛，以保留蔥的鮮脆

香菇炒蛇瓜

夏秋季節，農家的豆棚底下總是穿插幾條長長或捲曲的、外皮灰白有綠色條紋，像小青蛇般的，俗稱蛇瓜（葫蘆科），是山上野菜餐廳特推的獨家菜款。因為以前從來沒看過也沒吃過，既感新奇有趣，吃了一次之後，覺得Q度頗好，之後，房東太太收成時，就常順手放一條在我門前了，打開門看到時還是不時有種微驚嚇感，感受到對方一種不解釋的好意。

— **食材** —
蛇瓜、香菇

— **調料** —
橄欖油、鹽巴、白胡椒

— **作法** —

① 蛇瓜不用削皮，除非皮太厚，當小黃瓜用，斜切

② 熱鍋後放入油，放入泡好水並切絲的香菇，炒香

③ 蛇瓜入，加些鹽翻炒，加點水，讓蛇瓜快速透熟，灑上白胡椒，若想要瓜體更軟爛可以蓋鍋悶煮一下，如果要維持Q脆度，顏色鮮潤時即可起鍋

悶煮小白蘿蔔

白玉小蘿蔔少了一般蘿蔔的生腥感，細緻、不太有粗絲的蘿蔔體，將其蘊含的清嫩與甜香，恰如其分地呈現，為了鎖住其體內甘甜的汁液，過度烹煮不是很恰當。狹長型的薄切，可一條條攤平在鍋內，讓鍋熱的蒸氣均勻發散、均勻受熱，也可清楚看見蘿蔔從生到熟轉透明的過程。

— **食材** —
白玉小蘿蔔

— **調料** —
鹽、芹菜、蕃茄

— **作法** —
① 白蘿蔔切長條狀，放入平底鍋中，加一點水悶煮，放入些許鹽巴
② 等蘿蔔熟透變透明，鍋內水分吸乾，撈起
③ 加入芹菜、新鮮蕃茄切丁或香料以增加味道層次

奶油蘑菇佐紅酒醋洋蔥

偶爾也想要嘗嘗歐式口味的午餐，讓酸的、甜的與多汁的多重味道一併體現，於是，在整顆新鮮蘑菇與酒醋洋蔥的合力之下，達到了近乎完美。蘑菇小炒之後，再蓋鍋悶出汁來，濃郁的菇汁與半生洋蔥的嗆甜一起入口，覺得是連歐式大廚也會嘖嘖稱讚的一道料理。

— **食材** —
蘑菇、洋蔥、蒜瓣

— **調料** —
奶油、紅酒醋、冰糖、黑胡椒、花椒、鹽、橄欖油

— **作法** —
① 洋蔥切小塊，加蒜瓣，熱鍋炒香
② 加入紅酒醋冰糖，待半熟起鍋
③ 奶油抹鍋底，蘑菇放入翻炒，後段加入黑胡椒、花椒鹽拌炒
④ 蓋鍋，等蘑菇出水，起鍋

青豆紅椒玉米炒起司

　　這道是先考慮到了視覺，才去選食材的，想著紅綠黃皆有色相的料理，會是什麼味道呢？如果結果還是可預期的，那就無趣了。起司！對了，就是這玩意兒，讓整盤料理趨於無敵，令人雀躍驚喜。濃郁的蔬果與起司，如若偏鹹，可以搭配麵包、吐司或蛋餅皮、餡餅皮一同咀嚼。

— **食材** —
青豆、玉米、紅椒、
煙燻起司

— **調料** —
橄欖油、鹽、花椒粉、
醬油

— **作法** —
① 青豆、紅椒、玉米，逐一下鍋
② 淋上少許醬油、灑上少許鹽與花椒粉
　 翻炒，為保新鮮，不宜炒過久
③ 入切好的起司塊，小翻炒一下即可起鍋

醬燒茭白筍

有時厭倦了在家用三餐，吃菜就得配麵或配飯的制式規矩，我們可以考慮換個有趣的進食方式！雖然，把菜料包進去麵粉作成的皮啊，麵包啊沒有什麼創新之處，但，偶爾丟掉你的一口麵飯一口菜的依賴症，把餡兒弄成鹹派，在家也可以像大口吃漢堡那樣，更何況，自創的餡兒可是獨一無二的。

— 食材 —
茭白筍、香菇、青椒、白吐司

— 調料 —
橄欖油、醬油、素沙茶、辣椒

— 作法 —
① 香菇泡水後，切絲，香菇水留下
② 茭白筍斜切
③ 醬油、沙茶、香菇水、辣椒入鍋炒香
④ 加進茭白筍、香菇、青椒拌炒

餡料無限發揮

\Tips 1/

當季盛產的茭白筍，多到開始令人恐懼，如果再怎麼吃也是那樣，你不如把它變裝一下，將它藏在你的醬料裡，口感是很不一樣的噢！

\Tips 2/

這道菜是醬燒的概念，先處理醬，再處理食材，讓醬可以徹底融入食材。

麻油青椒龍眼蛋

這道的食材很滋補，且走甜鹹交融路線，青椒與龍眼乾的口感各有特色，咬進去後大口咀嚼，層次相當豐富。稍微料理得偏鹹一點，裹進饅頭裡吃，是種台式刈包的概念。

— 食材 —
雞蛋、龍眼乾、青椒、全麥饅頭（鬆軟）

— 調料 —
麻油、醬油、香菇粉、米酒

— 作法 —
① 用麻油把青椒龍眼乾炒香後，打入雞蛋
② 如果你要的是碎蛋，可以和上面的料一起拌炒，如果要荷包蛋，可另煎熟，不用攪和的方式
③ 加入一點醬油、香菇粉、米酒，再拌炒一下後起鍋

另一種爆漿吐司作法

大黃瓜二煮

　　蔬菜有其多重被享用的面向，要試著發掘它暗藏的潛力。比如說，大黃瓜煮湯很常見，但煮湯時，增加鮮味的方法，可以多加嘗試，例如：加入金針花略帶嚼勁的口感，配上軟透的黃瓜，加蒜頭提一點味，湯汁中除了有黃瓜的汁液，還有枸杞的甜，食材各司其職，豐饒的味道不用言說。再來，大黃瓜切薄片作成涼拌，口感意外的鮮脆有趣，跟當季的百香果搭配，果香脆爽亦是不可言喻。

第一吃：｜涼拌大黃瓜｜

— **食材** —
大黃瓜、百香果

— **調料** —
鹽、蒜末、青檸橄欖油、芒果醋

— **作法** —
① 大黃瓜削皮切薄片

② 放進調醬裡醃製。調醬：鹽、蒜末、青檸橄欖油、芒果醋

③ 加入百香果等任何你想增加風味的果香

第二吃：│大黃瓜金針湯│

— **食材** —
大黃瓜、新鮮金針花、枸杞、蒜頭

— **調料** —
橄欖油、海鹽

— **作法** —
① 大黃瓜削皮切塊，放入滾水
② 煮滾透熟後（看大黃瓜的透明度），開始加入一顆小蒜頭，讓湯增鮮
③ 再放入金針花、枸杞、海鹽，煮滾後起鍋

奶油白菜炒香菇絲

改良過的高長型奶油白菜，白色葉柄肥厚鮮脆，深色菜葉油綠質嫩，擁有白菜與青江菜兩者最美味部位的合體，近年來深受前兩者蔬菜族群的喜愛。維持其葉柄的鮮脆，葉的嫩滑，是料理時的重點，炒完後，稍微悶鍋加水，讓菜汁水分一湧而出，提味的香菇，更能使其顯味。

— 食材 —
白梗奶油白菜、乾香菇梗

— 調料 —
橄欖油、海鹽、醬油

— 作法 —
① 切蒂之後，一片一片拔取並清洗，切段
② 乾的香菇梗泡軟之後拔成絲狀
③ 熱鍋後，油入，入香菇絲加些許醬油，爆香
④ 白菜入，加點水，翻炒，至葉柄處微軟，即可起鍋

炒曇花

　　曇花是我住在山區裡所感受到的獨一無二的驚豔。看著它平日外表刺刺的多肉植物樣，結出的果實也頗像外星人拉出的某種排泄物，但，到了半夜竟然開出了極度燦爛瑰麗的白色大花朵（跟臉一樣大），那時還不知道可以食用，只知拿著相機，開啟閃光燈，對著它猛拍。直到隔天早上，在門口看到房東默默放的三朵白色與粉紅色枝條交錯的花，大花收束起來後呈現嬌羞垂淌的靚樣，像是近來的流行語：優雅轉身。更令人意外的是它的滑潤口感，黏黏呼呼的，很是奇特。

— **食材** —

曇花、薑

— **調料** —

橄欖油、海鹽

— **作法** —

① 將曇花洗淨，中間花蕊拔除，白色花瓣剝成一絲一絲

② 橄欖油下鍋，薑切絲，爆香

③ 曇花絲放入，輕炒，加些鹽巴，起鍋

珠蔥炒枸杞

聽農夫說，珠蔥很挑生長環境，水質要好，溫度要低，砂質土壤，排水日照都要穩定，因為有種特殊辛香味，蟲子不敢靠近，無需噴灑農藥，是我謂為上野菜餐廳必點的健康菜餚。細細的翠白嫩莖，有些許蔥味，甜度高，無嗆味，是一般蔥的細緻款。珠蔥易老，吃起來口感大有影響，選菜時，注意其鮮嫩度；而拌炒時，幾分鐘即熟，又易生水，見熟後立即關火，以保持其清脆口感。

— 食材 —
珠蔥、枸杞

— 調料 —
苦茶油、鹽、辣椒

— 作法 —
① 珠蔥洗淨，切段

② 苦茶油少許，放入蔥段翻炒

③ 加辣椒、鹽，翻炒後起鍋

麻油炒皇宮菜

皇宮菜是跟川七、地瓜葉一掛的容易種植，無蟲害，嫩藤、嫩莖、嫩葉都可以吃，摘取時留下根部，它就會不斷發出側芽，就有吃不完的皇宮葉啦！其拓延性很強，要適度規範其蔓長範圍，不然會一不小心長滿整個陽台。皇宮菜的潤滑感很討人喜愛，但不宜燙煮過爛，會失去某些營養。

— **食材** —
野生皇宮菜、華翠菇、雞蛋、薑

— **調料** —
麻油 、鹽巴、醬油、烏龍茶

— **作法** —
① 麻油炒蛋，加醬油，盛起來候傳

② 鍋內剩餘麻油炒薑、皇宮菜，1-2
　分鐘即可，以保持菜的脆嫩度

③ 華翠菇水煮，放入一些鹽巴

④ 把步驟①與②一起燴入香菇湯裡，
　稍微攪拌，盛盤

⑤ 隨個人口味可再加入烏龍茶、人蔘
　茶，讓皇宮菜湯多了些清淡的茶
　香，可中和味道過重的麻油

醃菜心

當季菜的菜心均可作為食材，例如：刈菜菜心、花椰菜菜心。作為蔬菜冷盤的要點之一，就是需保持蔬菜的鮮脆度，如果煮熟的花椰菜梗你不是很愛，那就留下來好好幫它變身，可任意加入喜歡的調味，花椒、白胡椒等，我很愛偏酸的蔬菜沙拉，紅酒醋或果醋是必要的，加入些植物油可增添其潤滑度。

— 食材 —
花椰菜菜心數根

— 調料 —
紅酒醋、初榨亞麻仁油、蒜頭

— 作法 —
① 花椰菜菜心削皮，切成圓段

② 蒜頭切成細末

③ 把步驟①＋②放入紅酒醋與亞麻仁油中，微微攪拌，讓菜心均勻浸泡汁液中

花椰菜蒸蛋套餐

　　綠花椰菜與白花椰菜位居我常吃蔬菜的一二名，因為太常吃，以至於想要變化的念頭特別多。某日在思考午餐的組合，冰箱一翻就剩這些，湊一湊也很齊全，有菜有菇有水果，還有厲害的天然調醬，因為沒有主食，花椰菜蒸蛋就變成了飯麵的角色，至於在蒸蛋內加入煮好的蔬菜湯汁，蒸蛋一定不會遜色。

— **食材** —
野生海菜、牛蕃茄、綠花椰、
珊瑚菇、蛋

— **調料** —
鹽、青醬、青檸橄欖油

— **作法** —

① 珊瑚菇、綠花椰水煮，加鹽

② 把煮熟的菇和蔬菜的湯汁加入打好
的蛋汁內，再加入海菜及其他搗碎
的材料與綠花椰一同放入電鍋

③ 綠花椰與牛蕃茄可加上沙拉醬或任
何你愛的調醬

炒山苦瓜

位居苦瓜中的苦王就是山苦瓜了，短小的身軀，彷彿把所有的苦味都集聚於此似的，是熱中苦道的人，首選的苦食材。料理時，想著中和它的苦味作法大有人在，例如：加入梅子或煮雞湯稀釋掉苦味。想完整品嘗苦瓜原汁原味，除了蒸就是炒，用炒的比較有趣，放入爆香料，甚至鹹蛋（學一般餐廳的作法），會把山苦瓜呈現得更為淋漓盡致。

— **食材** —
綠苦瓜、蔥、鹹蛋、辣椒、枸杞

— **調料** —
橄欖油、鹽

— **作法** —

① 綠苦瓜去頭尾切片，中間的籽挖出或不挖皆可

② 熱鍋後，放入蔥、蒜頭、辣椒爆香

③ 綠苦瓜入，拌炒

④ 起鍋前將鹹蛋搗碎入鍋與苦瓜一起炒

悶煎白苦瓜

這道菜很花俏，洋蔥、青椒、蕃茄等都來湊熱鬧，既然這麼熱鬧，那麼身為要角的白苦瓜就要懂得與其他食材共融相處，不能苦得太搶戲。白苦瓜是苦瓜中最不苦，但其豐厚的汁液布滿外軟內脆的苦瓜體，尤其選擇某一品種特別厚實的白苦瓜，吃起來充滿扎實感。

— **食材** —
白苦瓜、青椒、糯米椒、
小蕃茄、洋蔥

— **調料** —
橄欖油、醬油膏、米酒、
和風醬、辣椒

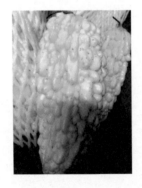

— **作法** —
① 苦瓜切片，青椒、糯米椒切塊
② 蕃茄燙熟後，浸冷水，剝皮，切半待煮
③ 熱鍋後下苦瓜，蓋鍋悶煮，適時翻面，伺鍋蓋無水，表示快熟，把其他食料放入，蓋鍋悶煮
④ 待鍋蓋無水，掀蓋，加入些醬油膏、米酒、和風醬、辣椒快炒一分鐘，起鍋

蒸紅地瓜

地瓜是一種充滿濃濃鄉愁情懷的蔬菜，只要說起地瓜都會想起家鄉的阿嬤阿公，以及裡頭會摻進地瓜塊的那鍋飯。紅肉地瓜來自於陽明山鄰近的金山特產品系，甜分特別高，口感細軟，目前若直接在飯裡面加入地瓜的吃法，也許過於鄉愁，我試圖改良它，變成料理馬鈴薯之類的作法。

— 食材 —
紅地瓜

— 調料 —
鹽巴、香草

— 作法 —

① 地瓜削皮，灑些鹽巴，放幾根香草，一起電鍋蒸熟

② 灑些百里香乾燥葉於上，使甜甜的地瓜裡，混有香草味

地瓜丼

做菜如果有實驗料理的精神，就永遠會推陳出新不會膩。因為夏季地瓜盛產的緣故，農家在家門口堆了一些，處理的方法，就是變換吃法。突然想到丼飯的吃法，蛋汁與醬汁的調和，很需要功夫，當季微甜的黃地瓜，燴入丼汁之時，地瓜那般獨特的口感，真是令人感動。不過，這次蛋有點黏鍋，無法整個鏟起來，且蛋汁搞太熟了，無法呈現稠稠的滋味，是個小敗筆。

— **食材** —

地瓜、洋蔥、香菇、紅蘿蔔、青豆、綠花椰、海帶、蛋

— **調料** —

奶油、醬油、味醂、米酒、日式沙拉酸醬、
蔬菜粉、白胡椒

— **作法** —

① 地瓜蒸熟，香菇泡水，海帶煮湯，蛋打散

② 香菇、紅蘿蔔、洋蔥切絲，加入青豆，一起用奶油炒，加一點蔬菜粉及白胡椒

③ 炒香之後，加入醬油醬＋味醂＋米酒（等比），灑一點白胡椒，丟進綠花椰，加入香菇水與海帶湯，一起熬煮

④ 燉煮 5 分鐘，等湯汁收的差不多，把 2/3 的蛋汁倒入，讓之沉到底下，等醬汁適度凝結成塊狀之後，再把剩餘的蛋汁倒入，不待熟，即可關火，起鍋，淋到切好的熟地瓜上

小蘆筍佐芝麻醬

春天的小蘆筍很宜人，跟春風一樣，尤其是水嫩小蘆筍，細長鮮嫩的口感，涼拌、水煮都很適合。雖然可以簡單就吃下它，但因應時節變化，偶爾想要吃點複雜的口味，也順便試試自己調味的功力。

— **食材** —

蘆筍

— **調料** —

鹽巴、芝麻醬、果醋、醬油、紅冰糖、黑白熟芝麻

— **作法** —

① 小蘆筍一把，燙熟，水中加點鹽巴

② 芝麻醬特調（芝麻原醬＋果醋＋醬油＋紅冰糖＋黑白熟芝麻），加一點熱水攪拌，淋上煮熟的蘆筍

蕃茄糯米椒炒黑木耳菇

這是下酒菜吧！絕對是。孜然粉都用上了，代表想要吃異國重口味料理，而且是重口味的蔬果菜。訣竅就是將多種綜合蔬菜分層處理，脆的、軟的、有咬勁的下鍋先後順序都不同。菜都煮好了，啤酒還不快上！

— **食材** —

小蕃茄、糯米椒、杏鮑菇、金針菇、洋蔥

— **調料** —

橄欖油、醬油、醋、米酒、孜然粉

— **作法** —

① 杏鮑菇切薄片，煎熟後，木耳、洋蔥、金針菇入，一起炒香

② 放入切段的糯米椒、小蕃茄翻炒

③ 加入調料，起鍋

燉煮大白菜

鎖住大白菜的原汁原味,可以使用蓋鍋煮法,利用有蓄熱力的陶鍋,讓水分無法往外蒸發,只在鍋內流轉。如果你選的大白菜,正巧是冬天當季的絕品,那更要輕鬆煮了。至於烏龍茶是我個人的偏好,早上泡完茶剩下一些,起鍋前倒入即可,增添風味用的,如果再煮下去就苦了。

— 食材 —
大白菜、枸杞

— 調料 —
醬油膏、米酒、
玫瑰鹽、烏龍茶

— 作法 —

① 白菜柄對切,綠葉另外處理,只煮葉柄部分

② 把白菜段放入陶鍋中,加入水與枸杞

③ 加入調料(少許醬油膏、玫瑰鹽),起鍋前再
加入米酒與烏龍茶煮一分鐘,即關火

做便當

把所有（對方）想吃的食物濃縮在一方，簡直是將多種口味集聚在一塊兒，用以試煉「調和度」的功夫，這是喜歡做便當、玩便當菜色的人，覺得可以不斷玩味之處。當然，很多人的便當是前天晚上的剩菜剩飯，但也無妨，把菜色裝填進盒子裡時，也同時夾帶了家人友人的關愛。隔天，打開便當之際，發散出的味道同樣是香、是甜、是飽足的滋味。

便當一款：2 小時繁工版

— **菜色** —

① 紅白咖哩

作法：先用高麗菜、洋蔥、香菇梗熬湯，再把馬鈴薯與紅蘿蔔，伴著綠咖哩與椰奶、辣椒一起和進去煮，攪拌一個多小時，就像巫婆熬湯一樣，只能一直在瓦斯爐旁顧著

② 味噌秋葵

作法：秋葵燙熟淋上有機味噌醬，後灑上黑白芝麻粒

③ 人蔘葉配枸杞

作法：人蔘葉、薑絲、枸杞一同拌炒

④ 煎雞蛋豆腐＋泰式莎莎醬

作法：煎豆腐。醬料部分：九層塔＋剝皮蕃茄＋洋蔥＋辣椒（以上切碎）＋醬油＋檸檬汁

⑤ 小銀絲捲

作法：切片，拿去油炸，不需太久即可撈起

\Tips 1/
此道便當主食為馬鈴薯
與紅蘿蔔，十分耐蒸。

\Tips 2/
幫便當配色是件重要不過的事，提振胃
口之外，也可以促發菜色的想像。

便當二款：20 分鐘簡易版

— 菜色 —

① 卡通通心麵佐凱薩醬＋青豆＋檸檬汁

作法：通心麵水煮 10 分鐘後，青豆隨後加入煮熟，撈起，淋上有機凱薩醬調味，滴上幾滴檸檬汁攪拌

② 香煎臭豆腐＋檸檬汁＋孜然粉

作法：市場現有的臭豆腐，用少油煎熟之後，滴檸檬汁，灑些孜然粉

③ 水煮毛豆

作法：水煮毛豆，若味道不夠可加鹽或黑胡椒粉

④ 水煮蛋

作法：水煮開，雞蛋丟入，加些鹽在水中，勿攪拌，伺熟撈起（蛋黃可隨己意要熟或半熟）

\Tips 1/

若需要經過蒸熟後才可吃的便當，建議主食找耐蒸的，例如：義大利麵。

\Tips 2/

利用煮過的通心麵、毛豆、青豆的水，再去煮水煮蛋，可一貫作業，節省部分時間與水。

\Tips 3/

臭豆腐本身味道濃郁，調味時可斟酌。

山藥二煮

　　綿、甜、黏是山藥三大特色口感，至於味道我仍形容不出來，有點類似澱粉很多的樹薯。陽明山最近幾年冬天在積極地推動「山藥季」，我想是山藥大盛產，加上營養價值又高（古代作為上等藥膳食材），做成副食產品，例如：山藥麻糬、山藥饅頭、山藥粿都頗受歡迎。種植方法很奧妙，據說是用半圓形塑膠水管種植的，所以長出來是長條形，吃起來也很奧妙，至於作法，我其實還沒研究出比較有創意的方式，直覺要加味噌，效果也還不錯。

第一吃：｜味噌山藥｜

— **食材** —
陽明山山藥

— **調料** —
粗粒味噌

— **作法** —
① 生山藥，切成條狀

② 粗粒味噌＋些許熱水攪拌，淋上山藥

第二吃：│山藥枸杞味噌湯│

— **食材** —
陽明山山藥

— **調料** —
粗粒味噌

— **作法** —

① 山藥切塊，水煮熟

② 加點味噌、枸杞，熬煮至山藥熟透

薑黃飯炒菠菜

薑黃飯是去印度料理餐廳吃咖哩時,剩下的帶回家冰在冷凍庫裡,隔天當炒飯的素材。跟所有的炒飯程序一樣,想加什麼食材進去都可以,唯一要快速翻炒,飯才不會黏黏的,菠菜是我喜愛的蔬菜之一,洋蔥跟蛋是炒飯的必備食材,有著淡淡薑黃味的長米包覆著蔬菜,咀嚼起來口味極佳。

— 食材 —

冷的薑黃飯、菠菜、菜脯、蛋、洋蔥

— 調料 —

橄欖油、醬油、鹽、花椒粉

— 作法 —

① 把洋蔥、菜脯跟蛋,各別炒香

② 加入冷薑黃飯,快速翻炒

③ 菠菜入,適量的醬油、鹽、花椒粉一起翻炒,起鍋

悶煮碧玉筍柳松菇

碧玉筍是金針幼嫩的葉基部，適合高山區種植，現在也有低海拔品種，青嫩而味鮮，盛產於夏季，近幾年被農家大量栽培，在台北市場看到之後立即採買，回家烹煮。以為味道會跟金針或金針花有關，但兩者完全連不上，倒是有人把碧玉筍當成蔥蒜佐料使用，煮菜時，爆香增香，都會來個一把。

— 食材 —
碧玉筍、柳松菇、蒜頭

— 調料 —
玄米油、醬油膏、鹽

— 作法 —
① 玉筍、柳松菇、蒜頭洗淨後，放入鍋內
② 加點水、鹽、醬油膏、玄米油（少許），蓋鍋燜煮
③ 約十分鐘，等湯汁幾乎收完，關火

沙 拉 類

SALAD

一口吃

這兩道蔬食料理，作成的一口吃樣式，原來是為了方便攜帶到戶外野餐吃的餐點之用，作菜的時候想到，如果營養聚足，一口吃既可以滿足口慾，也可以像在喝老人茶一樣，在一小杯一小杯的啜飲之中，慢慢品嘗其繚繞口中的曼妙滋味，那麼，何不改變一下將大塊三明治盛盤，大口大口咬的習慣呢！讓每一塊面積不到 3×3 公分的食物，在送進口中之前，有著讓你準備好了打算要慢慢、輕柔地品味它可愛迷你的姿態。讓人觸目開懷的形色都有了，歡喜等待的心情也正在醞釀，剩下的，就是閉起眼睛用心咀嚼了。

第一吃：｜馬鈴薯沙拉一口吃｜

— **食材** —

馬鈴薯、洋蔥、玉米粒、牛蕃茄、青豆、水煮蛋、美乃滋、奇異果、檸檬、吐司、牛蒡鬆

— **調料** —

蕃茄醬、黃芥末醬、鹽、白胡椒粉

— **作法** —

① 馬鈴薯削皮、切塊，電鍋蒸煮，約 30-40 分鐘，待熟後壓成泥

② 洋蔥切丁，蕃茄切丁，青豆燙煮（加點鹽），加入玉米粒（連同玉米水），均勻攪拌

③ 水煮蛋，熟後壓碎

④ 將步驟①＋②＋③加在一起，加入蕃茄醬、黃芥末醬、少許白胡椒、美乃滋，均勻攪拌！馬鈴薯沙拉製作完成

⑤ 用小湯匙舀沙拉，放在烤好的小吐司片上

\Tips 1/

檸檬口味：滴兩滴現擠的檸檬汁，上面可放檸檬碎皮，增加風味。

\Tips 2/

牛蒡香鬆口味：灑上牛蒡素香鬆，再加白芝麻粒也可。

第二吃：｜菠菜腰果小小捲｜

— 食材 —

越南春捲皮、菠菜、蘋果、腰果、松子

— 調料 —

水果口味美乃滋、黑胡椒粉、花椒粉、橄欖油、鹽、香油

— 作法 —

① 將菠菜汆燙（水加鹽、香油），不宜太久

② 腰果切碎，下鍋炒，加些許黑胡椒粉、花椒粉，起鍋，淋
　 上水果美乃滋

③ 松子乾炒，蘋果切絲

④ 春捲皮過水（一秒即撈起，以免破掉），在盤子上鋪平

⑤ 前後留空間，開始序列地鋪上菠菜梗、菠菜葉、碎腰果、
　 蘋果絲，完全鋪滿，勿留空隙（以免切的時候，不夠密實，
　 內餡會掉出來）

⑥ 捲起來成一條狀，去頭尾，其他均分切

⑦ 把切成小段的菠菜捲，塞入一兩顆松子，以添風味

\Tips 1/

透明的越南春捲皮，熱量低又美觀，可以
看得到青綠鮮色的內餡。

\Tips 2/

將一整塊放進口中咀嚼，才能一併品嘗到
菠菜鮮嫩的菜味，蘋果微微的酸甜，與堅
果特有的香氣。

香草沙拉

香草植物適合種植的地方多在日照充足之處，水分亦須隨時補充，才不至於一不小心就呈現乾枯缺水的樣態。試著自己栽種沒有農藥、化肥的香草，將會發現，把香草拿來佐菜，不僅取材容易便利，菜餚也會因為各種香草的芬芳味道而大有變化。

第一吃：｜香草 × 蔬果沙拉｜

右上：馬鈴薯沙拉

— **食材** —

馬鈴薯煮熟連皮切塊、紅椒、熟紅蘿蔔 、鳳梨、蘋果、熟木耳、熟地瓜、水煮蛋

調料：美乃滋 + 黑胡椒 + 鹽 + 薰衣草茶幾滴，放入沙拉裡攪拌

右下：法式吐司

— **料理** —

吐司去邊裹蛋汁煎→微成焦黃起鍋→夾上起司或任何你想要的→夾上剛摘下（洗過的）檸檬香蜂草→淋上蜂蜜

$$\frac{1 \quad 2 \quad 3}{4 \quad 5}$$

1. 巧克力薄荷
2. 金錢薄荷
3. 檸檬香蜂草
4. 芸香
5. 法國薰衣草

第二吃：｜香草 × 蔬果沙拉｜

— **食材** —

刀削麵、舞菇、綠花椰、玉米筍（以
上煮熟），南瓜蒸熟加鹽巴或黑胡椒、
炭培堅果類

— **調料** —

金錢薄荷、巧克力薄荷、檸檬香蜂草、
芸香、法國薰衣草，均加水及檸檬汁
打成醬汁，淋在麵條與蔬菜上

— **配茶** —

摘下新鮮萬壽菊泡熱水，原
味或加蜂蜜皆可

泰式沙拉

夏日，是個讓人不想規規矩矩吃正餐的季節，即便吃了，也感覺好像差了一味，那就是「酸甘甜＋冰涼」的味道。這是一種眼睛看到了，唾液就自動分泌的滋味，相當於感官也十分應季的需求，在此之下，如何一口吃下多重味道，那就得靠搭配的功夫囉！

— **食材** —

小黃瓜、洋蔥、玉米或玉米罐、鷹嘴豆（罐）、醃過的青芒果

— **調料** —

檸檬、羅勒醬（自製或現成）、和風芝麻醬、墨西哥青辣椒醬

— **作法** —

① 生洋蔥、小黃瓜、青芒果切小塊

② 將整條玉米炊熟，整串剝除成粒（用玉米粒罐替代也可，但注意罐頭味道是否偏甜，若是，調醬時得注意比例）

③ 將鷹嘴豆（偏甜的罐頭）與上述食材拌在一起

④ 加入檸檬汁、羅勒醬、一點芝麻醬及青辣椒醬一起攪拌

⑤ 冰入冷凍庫，食用時帶著碎冰口味為佳

\Tips 1/
盡可能選擇有機認證的蔬菜水果，口味獨特新鮮，所有醬料亦是。

\Tips 2/
醃過的青芒果之酸甜味是無可比擬的，是本道涼品的 key point，若是用一般黃芒果會偏甜噢！

\Tips 3/
此道涼品可隨意添加上你所喜歡的蔬果、蕃茄、木瓜、香瓜、甜椒、萵苣絲等。

義式沙拉

沙拉，未經熟煮的生菜，可以充分吃到菜的原味與口感，作為口味轉換的關鍵菜是最稱職不過了，搭配菜的調料有很多種，酸甜香都是提味的選項，如果菜很甜很新鮮，連調醬其實都可以不用加。義式沙拉，顧名思義，生菜都是歐洲少見的但新奇感十足，光是咬下去的口感與每一種菜陌生而獨特的滋味，就令人為之驚艷。偶爾多花一點錢購買昂貴的歐洲生菜，是值得的。

— 食材 —
吉康菜、嫩菠菜、甜菜葉（義法空運，非本地菜）、蘋果、洋蔥、奇異果（切丁）

— 調料 —
橄欖、乾酪、油醋（現成）＋芝麻、沙拉、薄荷（特調）

台式沙拉

一開始不知如何命名這道菜料理，去市場時看到有賣蓮花梗，就突發奇想地做一道有蓮花梗的沙拉。問我好不好吃？有蓮花的味道嗎？其實好像沒有耶！有孔隙的中空感與外皮略粗的口感實在很獨特，當然，跟其他生菜一起吃，以及厲害的醬一起咀嚼，是個頗特別的經驗。

— **食材** —
蘿蔓葉、小蕃茄、藍莓、蓮花梗、小茴香根（台灣自產）、核桃、烤吐司切丁

— **調料** —
萊姆檸檬橄欖油、白葡萄芒果醋

\Tips 1/
可加入萬壽菊茶，增添香草味。

暖沙拉——紅酒醋洋蔥

　　歷經冬天的厚重、量多的暖食狀態，來到了春天，因著氣溫與陽光的提升，讓身體閉塞的緊縮感，微微的綻開，肢體自然的想要伸展，活動力逐躍，胃口與味覺也順勢流轉。如果在此時，你的身體還沒應時醒覺，就讓食物來提醒你季節的變換。洋蔥，是四季的好朋友，可以繁複可以簡單，今天覺得需要在口中變幻多層次味道，那就來做吧！

— 食材 —
紅洋蔥、巴西蘑菇、青豆、甘蔗玉米

— 調料 —
紅酒醋、紅糖、鹽、橄欖油、芥末子醬、米酒頭

— 作法 —
① 巴西蘑菇泡軟，待放
② 紅洋蔥切塊，丟入熱鍋，加入紅糖、紅酒醋拌炒
③ 巴西蘑菇切塊，放入鍋中，一起拌炒，加些鹽，一點點芥末子醬，快炒，起鍋
④ 青豆開水煮熟，加些鹽，快熟時加入米酒頭
⑤ 甘蔗玉米蒸熟，待涼，用刀切成粒
⑥ 將紅洋蔥、青豆、玉米和在一起，起盤

\Tips 1/
洋蔥不需炒太熟，保留生脆口感，滋味更好。

\Tips 2/
青豆與玉米，選擇剛採收下來的以保留甜味。

\Tips 3/
巴西蘑菇的特殊味道，增添醋酸洋蔥與新鮮青豆、玉米的豐富層次。

茄子蕃茄溫沙拉

時節即將入秋，把微微發熱的蔬菜與生的蔬果融合成一盤沙拉，會發現冷、溫綜合出來的口感很不一樣。試著把蔬菜料理製成多種吃法，會更有機會全面感受食物的多重樣態，生有生的脆味，熟有熟的軟嫩。

— **食材** —
茄子、小蕃茄、小黃瓜

— **調料** —
橄欖油、米酒、醬油、蒜味胡椒、
黃芥末、花椒辣椒醬

— **作法** —
① 茄子（少量橄欖油）煎至熟，加
一點醬油、米酒、蒜味胡椒
② 小蕃茄、小黃瓜切片、切絲，灑
在熟茄子上，視口味適量加上花
椒辣椒醬，佐以黃芥末

涼筍佐羅勒泥

如果家中剛好要宴客，在所有準備的食材當中，平時最令人放心且不會出搥的蔬菜，外表看起來好好的，賣菜阿桑也一直掛保證，結果，吃下去才發現它既不甜也不嫩的時候，不要氣餒哩！有很多方法可以即時挽救，善用周邊新鮮的食材，作成佐料配菜，去拉提原本那個不怎麼樣的主食材，就像本已計窮途拙，而那個殺手鐧，經過你的危機處理、巧手琢磨，通常會令人大感意外，而讓整道菜有個大翻轉的契機。

— 食材 —
綠竹筍、羅勒葉、蒜頭、檸檬、辣椒

— 調料 —
青檸橄欖油、黑胡椒、鹽

— 作法 —
① 用電鍋將綠竹筍蒸熟，剝除外面硬殼部分。切塊，放冷
② 製作羅勒泥：現採新鮮羅勒葉，洗淨，放入果汁機，隨後加入蒜頭、橄欖油、檸檬、鹽巴、黑胡椒、辣椒（酌量），一點點開水，打成泥

涼拌小黃瓜佐小葉冷水麻

　　涼拌小黃瓜還能怎麼吃？台式涼拌慣用的麻油與白醋，可用橄欖油或酸的水果替代，加入香草植物，就會不那麼小吃店口味了！再加上特別的野菜，例如：小葉冷水麻，路邊一大堆，略苦略澀，但草味頗迷人。

— **食材** —
小黃瓜、小葉冷水麻、馬鞭草、檸檬、
蒜、辣椒

— **調料** —
青檸橄欖油、黑胡椒、鹽

— **作法** —
① 用水把小葉冷水麻洗乾淨，去土，取
　其嫩葉部分
② 馬鞭草用熱水燙過，切碎
③ 蒜頭、辣椒切碎
④ 黃瓜切片，丟進（鹽＋馬鞭草＋蒜＋
　辣椒末＋檸檬＋橄欖油＋少許和風醬
　＋醬油＋花椒粉）醃製
⑤ 冷藏，靜候半小時即開始入味

酒醋洋蔥水波蛋

夏季的食魂，被生的、酸的、香的氣息徹底擄走，於是，每天要有一餐是沙拉不可。一人食的量實在有點難掐，但程序照run，一點都不能減半。（難怪農村會提倡共食，瓦斯、水、人力、餐具都可以共盛共用）（共的概念，源自於為節省資源，可能也是起源於家庭，一口灶可以養全家，想想一個人每天生爐火是多累的事啊！）

── 食材 ──
洋蔥、雞蛋

── 調料 ──
青檸橄欖油、黑胡椒、鹽

── 作法 ──

① 半顆洋蔥切絲，用橄欖油小火微微炒香，保持半生熟狀態，加入調醬（玫瑰鹽、花椒鹽、紅酒醋、甘草粉、米酒）拌炒

② 另一鍋水煮開 1000cc ＋ 冷水 300cc，放入蛋，靜置 8 分鐘撈起，丟入冷水再靜置 5 分鐘

③ 灑上巴西里＋羅勒（乾的香料碎片，有新鮮的香料更好）

溫菇沙拉

農家用太空包大量種植香菇,可以看到成朵的香菇生長的鮮活樣態,建議可以同時買多種菇類回家試試,會發現每種菇的味道與口感都不盡相同,而對待原味極佳的香菇,小小的燙一下,加鹽就可以輕易地把菇的風味烘托出來。

— 食材 —
珊瑚菇、玫瑰菇、鮑魚菇、綠豆苗

— 調料 —
橄欖油、玫瑰鹽、花椒鹽

— 作法 —
① 把水煮滾,加入一點橄欖,一點玫瑰鹽

② 菇類陸續以汆燙方式,每種菇汆燙一分鐘即可起鍋

③ 綠豆苗汆燙撈起,當配料

粥 飯 類

RICE PORRIDGE

田園蔬菜粥

煮粥很像巫婆在熬湯，口中一直念念有詞（因為必須一直攪拌，手很酸），也不能離瓦斯爐太遠，一閃神，鍋底便會冒出焦味，那整鍋就毀了。煮蔬菜粥，用蔬菜熬湯是不二法門，高麗菜、白菜、紅白蘿蔔都很適合，熬一個小時之後，蔬菜的甜味會全部綻出，加香菇可以增加鮮味。

— **食材** —
高麗菜、紅蘿蔔、香菇、
芹菜、熟玉米、白飯

— **調料** —
白胡椒粉、鹽

— **作法** —
① 高麗菜、紅蘿蔔、香菇切絲後，煮成湯
② 用電鍋把白飯煮成粥
③ 蔬菜湯煮一個多小時後，加入白胡椒粉、鹽與白粥一起拌煮
④ 最後放入不須煮太久的玉米及芹菜，起鍋

長豆豆腐乳粥

大部分的創造都來自匱乏,想吃碗有傳統味的鹹蛋白粥,卻苦無鹹蛋可加,正好冰箱內有一罐甘鹹兼備,來自於中部某大廚自製的、品質優良的豆腐乳,成為了畫龍點睛的關鍵。煮出濃郁而多層次的粥,祕訣來自於湯底,有現成的絲瓜熬煮,加上突發奇想的香茅,滋味自然不同於一般。

—— **食材** ——

長豆、絲瓜、豆腐乳、香茅、白粥、蛋

—— **調料** ——

鹽

—— **作法** ——

① 絲瓜為基礎湯底熬煮,熟爛之前,加入少許鹽,香茅快煮一兩分鐘,即把香茅撈起

② 把煮熟白粥放入濃郁的絲瓜湯,加入切段的長豆,一邊攪拌粥,等長豆軟化後,開始慢慢加入打好的蛋汁

③ 起鍋前,把豆腐乳輕輕地用湯匙刮下整顆立方體的三分之一,放進粥裡,攪拌均勻即可

菇菇菜菜粥

粥要好吃，就得用香菇、蔬菜先熬湯，讓湯汁完全是蔬菜的清甜與香味，枸杞可增加湯頭的甜味，若是喜歡味噌的人，可以在第一個步驟即加入，一起熬煮。高麗菜分兩次放，第一次是熬湯底時，第二次跟粥一起煮的時候，吃起來會帶有蔬菜的鮮脆感。

— 食材 —
猴頭菇、高麗菜、孟宗筍、
雞蛋、鳳尾草、枸杞、白粥

— 調料 —
花椒粉、醬油、鹽巴、黑胡椒
粉、米酒

— 作法 —

① 猴頭菇、高麗菜、孟宗筍切塊切片，加上枸杞，等水滾後，一併丟入

② 熬煮一兩個小時之後，加點花椒粉、醬油、鹽巴、黑胡椒粉調味，再煮一段時間

③ 將煮熟的粥，加入以上的湯底，以及一杯由鳳尾草及枸杞煮的茶，加入切成細絲的高麗菜，一起攪拌

白蘿蔔人蔘燉粥

冬季的大白蘿蔔是無可替代的湯底元素,再加上中藥材兩三片的人蔘片,兩者內力厚實的甜味相遇時,會迸出無敵的火花,滋味不凡,一下子就為粥打下了良好的基底。我不知道放入電鍋煮粥會不會比較省力,或比較像聰明人做的事,但我偏好在爐子前面邊攪拌邊流汗的習性,好像早已成定局。

— **食材** —

白蘿蔔、人蔘片、蒜頭、
香菇、玉米、過貓菜、白粥

— **調料** —

花椒粉、醬油、鹽巴

— **作法** —

① 白蘿蔔切塊與人蔘片(購至中藥行)
　 煮湯

② 湯汁完全釋放出,加入白粥與調味
　 料,再次熬煮

③ 起鍋前加入其他青菜配料

海菜飯

茹素者的海鮮大餐其實就是海菜！如果你想集中火力只吃到海菜海帶的海味飯，其他都可以不用加了，加了蛋汁是希望增加潤滑度，但要收汁的話，放蛋的時間點要很巧妙。剩下的，都交給海菜去 hold 住了，記得加些許鹽即可，海菜本身帶著鹹鹹海水味，賣給你的攤販如果沒有清洗乾淨，除了鹹味有時還會吃到小沙石呢！

— **食材** —
澎湖野生海菜、蛋、薑絲、飯

— **調料** —
白胡椒粉、鹽巴

— **作法** —
① 海菜加水煮湯（水不宜過多），可加入一些薑絲、鹽、胡椒調味，起鍋前打蛋汁入湯

② 等海菜與蛋花，需煮到收汁，呈半凝固狀態（不能完全收到乾）後，盛到飯上

麺　類

NOODLES

韭菜辣椒炒麵

吃過幾位長住山上友人的野菜烹煮，以及觀察周遭環境長得好的野菜（太靠近農田的不建議），再對照書上對野菜的介紹，必須清楚辨識出野菜的長相，以確保可以吃的類種，免得誤食。這一頓，煮的是現採的（山裡青楓大樹邊的昭和草），以及自家種的韭菜與辣椒，現採的滋味除了口感新鮮，還有那股青澀的香味兒，真是無可比擬。

— 食材 —
韭菜、辣椒、昭和草、麵條

— 調料 —
橄欖油、醬油、芝麻醬、鹽

— 作法 —

① 麵煮熟（勿全熟），昭和草燙熟，撈起，待用

② 韭菜、辣椒切碎，炒香，加進麵條，大火炒

③ 適度調味，加入醬油、芝麻醬、醋（烏醋、日式沙拉醬或者檸檬汁更佳）拌炒

④ 起鍋前，加入燙熟的昭和草

\Tips 1/ 昭和草特殊的草香味，拌進麵裡，可以將麵的黏膩糊感，整個提開來，以分別嘗到所有食材的特有味道。

\Tips 2/ 加點酸味進去，利用水果的酸尤其好。

```
1  2  3  4
5  6  7
```

1. 土人蔘
2. 川七
3. 紅莧菜
4. 馬齒莧
5. 黃鵪菜
6. 龍葵
7. 鵝兒腸

蕃茄地瓜麵

北部山上農友種植的當季地瓜帶著清淡的甜，且不會膩，南部的小蕃茄差不多快到季節尾聲了，不算甜，但帶酸的程度卻恰入其分！我想利用這兩種蔬果本身的特質，可做成鹹醬，剛好這兩者的味道不重，不會互相搶味，但如果要做成鹹醬的話，這兩者之間必須有個中間介質好調和彼此，突想起義大利麵醬的做法，便感覺那中間的調合劑就是蒜頭了。

— 食材 —

蕃茄、地瓜、蒜頭、韭菜、香菇、長豆、麵條

— 調料 —

橄欖油、白胡椒粉、醬油

— 作法 —

① 地瓜蒸熟與蕃茄、蒜頭，加上黑胡椒粉或鹽，一起放進果汁機 → 打成泥

② 韭菜、香菇、長豆 → 炒香，加入醬油、白胡椒等調味

③ 麵煮半熟，燴入步驟 ①＋② → 拌炒

絲瓜湯麵

先用爆香料為湯底做前引，接下來將嫩綠新鮮的絲瓜條和入，也利用大炒讓汁液帶點爆過的鍋香味，之後的熬煮（讓其他蔬菜一起進來）便是釋放精華的時刻。麵線本身是沒味道的，透過湯汁的浸染，才變得豐富。

— 食材 —
嘉義農友栽種的絲瓜、韭菜、紅蘿蔔、蒜頭、香菇、麵線、香菇素丸

— 調料 —
橄欖油、鹽、醬油

— 作法 —

① 紅蘿蔔、蒜頭、香菇先爆香

② 放入絲瓜切塊，大火微炒

③ 加入開水，將整鍋湯煮沸

④ 麵條丟入，煮沸即可撈起，加入韭菜、香菇素丸

川七蛋與銷魂麵

昨日三分鐘的銷魂，今日競速奔流的暢行，味覺、幻覺與拉覺，滾燙的聯動意識還在陰陽（腸）道上徘徊不去，本是軀魂迫離，卻變做繾綣殘留的溫意，哎呀！這就是貪食人間的催魂快意哪！甜鹹酸苦辣，今天不玩支解遊戲，通通給我起立，雙手雙腳併攏站好。這道料理，拿來檢驗舌頭的忠貞，偶爾探觸無法可管的翻牆情懷，為前吞嚥口水，後無盡回味的舔盤之作。

— **食材** —

人蔘葉、枸杞、九層塔、辣椒、檸檬、雞蛋、泰式辣味雞、泡麵

— **調料** —

橄欖油、醬油、香油

— **作法** —

① 泡麵丟水煮熟，可加點香油及香菇蔬菜粉，撈起，接著汆燙人蔘葉，加入枸杞

② 泰式辣味雞切塊，炒九層塔、辣椒，加些醬油，起鍋後加檸檬汁

③ 煎荷包蛋，把所有煮熟的食材盛到泡麵上

枸杞玉米醬麵

再怎麼彈牙的麵條，搭配的醬料只是一般普通的話，那真是會折煞麵條的好意。趁著秋末入冬之前，來點溫補的食材，和著麵條與秋日特有的黃金風景一起吞嚥吧！玉米與枸杞都帶著天然的甜味，可以加入少許鹽與醬油膏調成鹹味，一點點的麻醬與咖哩醬可以讓調醬更具有豐富的層次。

── 食材 ──
枸杞、玉米粒、波浪麵、香茅、青豆或其他蔬果

── 調料 ──
麻醬、咖哩醬、米酒、黑醋、香油、醬油膏、蔬菜粉、水、鹽、花椒醬

── 作法 ──
① 枸杞煮水，將煮熟的枸杞（含水）與玉米粒一起放入果汁機打成泥

② 加入一點點麻醬、咖哩醬、米酒、黑醋、香油、醬油膏、蔬菜粉、鹽、花椒醬、水，再用果汁機打勻

③ 煮一鍋開水，水開了把幾枝洗好的香茅放入水中一起煮，約三五分鐘，撈起香茅，放入波浪麵，煮熟後，撈起。將玉米枸杞醬淋在麵上，加入熟青豆或其他青菜水果，就完成囉

\Tips 1/

煮麵條時，可將喜歡的香草類植物一起煮，讓麵條沾染些不同的氣味也挺好的。

香草南瓜堅果蔬菜麵

　　加那麼多香草的麵食，會好吃嗎？我只能說，我以為自己置身南法，或在米蘭曬太陽。因為家中香草長得太茂密了，其實才是觸發我製作香草麵的主因，但有些香草太刺激有味，使用時要酌量，否則整盤香氣會被其中一兩種濃烈的草氣味帶著走，例如：芸香。

　　訣竅就是多多嘗試，沒有其他技巧了！

— **食材** —

刀削麵、舞菇、綠花椰、玉米筍（以上煮熟），南瓜蒸熟，加鹽巴或黑胡椒、炭培堅果、檸檬汁、蜂蜜

— **香草** —

金錢薄荷、巧克力薄荷、檸檬香蜂草、芸香、法國薰衣草、萬壽菊

— **調料** —

橄欖油、鹽巴、黑胡椒

— **作法** —

① 舞菇、綠花椰、玉米筍燙水煮熟

② 南瓜蒸熟，加鹽巴或黑胡椒

③ 堅果小炒過增加硬度與香度

④ 金錢薄荷、巧克力薄荷、檸檬香蜂草、芸香、法國薰衣草，加水加檸檬汁打成醬汁，淋在麵條與蔬菜上

⑤ 配茶：摘下新鮮萬壽菊泡熱水，原味或加蜂蜜皆可

青醬麵

這一道青醬麵,最大的特色是把起司粉的部分,以泰國椰子果肉取代,濃郁的椰奶味簡直不輸青醬裡必加的起司粉。再來是羅勒與九層塔一起加入,(原因也是產量過多)不僅混和台味及義味,現在還多了泰味呢!青醬麵裡的蔬菜配料部分,也可以自由發揮,把蕃茄、青豆及玉米的香甜,一併和著麵吃。

— 食材 —

義大利麵、羅勒、九層塔、蒜頭、蕃茄、熟玉米、青豆、泰國椰子果肉、檸檬、煙燻起司塊(丁)

— 調料 —

橄欖油、鹽巴、黑胡椒、起司粉

— 作法 —

① 把羅勒與九層塔洗淨擦乾置入備用果汁機

② 再加入蒜頭、泰國椰子果肉,少許檸檬汁、黑胡椒、鹽巴、橄欖油、少許水,一起用果汁機打成泥

③ 麵煮熟,煮的時候加鹽,十分鐘後撈起

④ 將青醬淋到麵體上,灑些起司粉

⑤ 另起一鍋炒玉米、蕃茄、青豆、煙燻起司丁(加點黑胡椒),作為配料

南瓜洋蔥米粉

　　這裡的野菜餐廳圈，很喜歡弄南瓜炒米粉這道菜，想來是南瓜盛產（又是這個理由），每一顆南瓜都很大，如果是一個人食用的話，大概得把南瓜大卸八塊，分別料理才有辦法鞠躬盡瘁。將其煮熟加鹽巴單吃、煮成濃湯、炸南瓜片，或是這道炒米粉，都可以吃進南瓜特有的香甜味。

— **食材** —

細米粉、洋蔥、南瓜、杏鮑菇

— **調料** —

橄欖油、鹽巴、醬油、白胡椒、巴西里乾香草

— **作法** —

① 米粉泡軟後，撈起靜置

② 南瓜電鍋蒸熟後壓成泥，加入白胡椒粉、鹽巴等調料

③ 洋蔥切片，杏鮑菇切片入熱鍋炒，可加乾香料一起炒香

④ 米粉入，南瓜入，一點醬油，持續翻炒至南瓜與米粉均勻結合，起鍋

湯　類

SOUP

紅白蘿蔔關東煮

破布子醬,甘甜鹹三味俱足,適合拿來調味,但要讓蔬菜熬煮至釋放出其自然風味之後,再加入調味,才不會搶了湯頭原味。另外,蔬食關東煮,沒有日式湯頭的柴魚味,建議可再加菇類以及醬油,讓湯頭多味呈現。

— 食材 —
紅蘿蔔、白蘿蔔

— 調料 —
橄欖油、老薑、蒜頭、破布子醬、甘草粉、花椒粉

— 作法 —

① 紅、白蘿蔔切塊水煮

② 薑蒜切片爆香,放進蘿蔔湯裡面一起熬煮

③ 湯快滾熟時,加入已經調好味的破布子醬,提味湯頭

④ 加入些許花椒粉、甘草粉,使湯汁更濃郁

\Tips 1/
因湯頭內的所有食材都偏甜,因此調味料可自由選擇偏鹹味或辣味。

白蘿蔔中藥燉湯

　　冬天是白蘿蔔生長的旺季，煮湯時湯底的第一選擇要項，彷彿就是它了。應季的蘿蔔清甜，煮湯時可搭配其他蔬菜與菇類的味道一起釋放，讓湯頭有多重呈現，再來，蘿蔔本身的質感若偏嫩細，那咀嚼時的口感就更棒了。

— **食材** —

白蘿蔔、猴頭菇、玉米菇、黃耆、枸杞、蒜頭

— **調料** —

橄欖油、花椒粉、孜然粉、醬油、鹽

— **作法** —

① 白蘿蔔削皮切塊丟入滾水煮熟

② 煮透熟之後，加入 黃耆、枸杞、蒜頭一起熬煮

③ 猴頭菇用麻油先拌炒過，再入湯

④ 再將較不易爛熟的玉米菇放入

⑤ 等所有蔬菜及菇類釋放出味道，再陸續加入調味料

青木瓜燉湯

　　窗前木瓜樹結實纍纍，在木瓜還未熟透前摘取下來，想著可以燉成湯的煮法還沒試過，也無預先知道這道青木瓜燉湯是用來補什麼的，只想實驗做為核桃堅果為主的湯頭，與瓜類一起烹煮的話，會產生什麼變化；而加入中藥材，又會產生什麼獨特的滋味呢？

— **食材** —
青木瓜、黃耆、枸杞、杏仁果、核桃、薑

— **調料** —
鹽

— **作法** —
① 青木瓜削皮切塊

② 水煮滾，放入黃耆、枸杞中藥材，待煮滾後，再放入青木瓜

③ 陸續煮滾後再放入杏仁果、核桃，蓋鍋熬煮

④ 起鍋前，放入兩三片薑片提味，三分鐘後即可起鍋

黃綠濃湯

就像把水果打成果汁一樣，濃湯的概念來自於此，溫熱且顏色鮮豔的濃湯，完全來自於原始食材所蘊含的天然色素，而裡面的鹹味與多種蔬菜的味道，更是增添了濃湯的層次美味。濃湯變化多端的作法，同時啟動了視覺與味覺前所未有的感官饗宴。

第一吃：│綠花椰濃湯│

— 食材 —
綠花椰菜、菠菜、蒜頭、洋蔥、鮮奶、薄荷、青豆、洋菇、香菜、石榴、小蕃茄

— 調料 —
橄欖油、鹽、胡椒

— 作法 —
① 綠花椰菜、菠菜與青豆燙熟
② 熱鍋炒洋蔥、蒜頭、洋菇，邊炒邊加鹽與胡椒
③ 將步驟①與②放入果汁機打成泥，可在此做二次調味
④ 搭配石榴、小蕃茄等偏酸水果，風味極佳

第二吃：｜咖哩濃湯｜

— **食材** —

薑黃粉、洋蔥、香菇、高麗菜、紅蘿蔔、白花椰
菜、青椒、辣椒、檸檬葉、五穀雜糧汁、紫萵苣、
綠豆苗

— **調料** —

橄欖油、綜合咖哩粉、鹽、胡椒

— **作法** —

① 薑黃等綜合咖哩粉炒白花椰、青椒等蔬菜

② 另一鍋熬煮洋蔥、香菇、高麗菜，亦加入些許薑黃
咖哩粉

③ 熬煮好的蔬菜湯，炒好的熟蔬菜及五穀雜糧汁放入
果汁機一起攪拌，成為濃稠的黃醬

④ 黃醬上面放上想吃的生菜，例如：萵苣、豆苗等

冬瓜木耳湯

附近農家種的冬瓜又大又肥，買一輪厚度五公分的冬瓜片，就可以煮一鍋分量兩三人的湯。老薑與黑木耳中和了冬瓜的寒性，也讓冬瓜滋味更加突顯，很適合溫暖寒冷冬季的身體。

— **食材** —

冬瓜、黑木耳、老薑

— **調料** —

鹽

— **作法** —

① 冬瓜去皮切塊，入水煮滾

② 加老薑片、鹽，煮滾

③ 起鍋前五分鐘加黑木耳

山茼蒿青豆枸杞當歸湯

　　山茼蒿是冬季暖湯不可缺少的要角，煮火鍋也少不了它，光是單煮山茼蒿也行，若要當中藥補湯，也很適合。這道融合著濃厚當歸味道的湯，首先得把中藥材熬煮一番，再加入易熟的葉菜類等，分層料理，味道才會層遞而出。

—— **食材** ——
山茼蒿、青豆、枸杞、
當歸、薑片

—— **調料** ——
鹽

—— **作法** ——
① 水煮滾，入當歸與薑片熬煮
② 等湯味濃郁後，加入山茼蒿、青豆等易熟的青菜類與枸杞
③ 起鍋前加鹽調味

豌豆苗蘿蔔蛋湯

以白蘿蔔與香菇熬出的湯頭，有著可想而知的蔬菜清甜，而豌豆苗的生鮮草味，與半熟的蛋黃汁，在蘿蔔湯頭的烘托下，可謂尋常食材的變身。若要非常有味，要訣就是用時間去換取，想像蔬菜在鍋子裡滾啊滾，渾身釋放的營養素與甜甘味，與熱水數度交融過後的滋味……那一瓢湯，將即刻勝過在廚房苦站幾小時的等候。

— **食材** —
豌豆苗、白蘿蔔、枸杞、香菇、雞蛋

— **調料** —
鹽、醬油膏

— **作法** —
① 水煮蛋，蛋黃半熟，撈起靜候

② 水滾，入白蘿蔔與香菇，及少許鹽，熬煮

③ 等冬瓜熟透，湯底飽滿，加入枸杞，將豌豆苗清燙，水煮蛋溫熱，即可起鍋

味噌豆腐洋蔥海帶湯

味噌豆腐湯是不管外食或家用，三不五時就會吃到的湯。但是，既不想要日本料理店的過鹹，也不想要涼麵店那樣清淡無味的話，只好自己慢慢調配出滿意的味道。訣竅是挑到好的味噌，以及煮湯的順序，如果味噌味道好，並不怕久煮；而豆腐要入味，需在湯頭釋放時，放入吸取。至於枸杞與黑糖，則可中和味噌部分的鹹味。

—— 食材 ——
洋蔥、海帶、香菇、枸杞、嫩豆腐

—— 調料 ——
日本味噌、黑糖、米酒

—— 作法 ——
① 洋蔥、香菇與海帶一同熬煮，再慢慢放入豆腐，讓豆腐吸進菜味

② 入味噌塊與些許黑糖、枸杞，再次熬煮

③ 起鍋前，加米酒，大火燉煮十秒鐘，關火

菇菇鮮湯

用香菇煮的湯頭哪有什麼意外，沒有意外啊！就是鮮味十足，尤其是來自剛摘取的新社山區，是所有不敗湯頭裡的決勝關鍵。這些香菇易熟，不適合煮爛來破壞口感，作法是用燙的方式，三種菇很快就釋放出該有的菇味，且三種各異，請慢慢品嘗。

— **食材** —
玫瑰菇、珊瑚菇、秀珍菇、洋蔥、人蔘片

— **調料** —
鹽、白胡椒、紹興酒

— **作法** —
① 水滾，洋蔥與人蔘片入

② 等洋蔥煮得爛熟，開始入三種菇類，加些鹽巴、白胡椒，大火煮滾

③ 起鍋前加點紹興酒提味，起鍋

豆　腐　類
TOFU

一口吃豆腐

一口吃的精髓在於將多層疊的食材，合併於一口時的調和能力，在層次豐富的味覺當中，要如何豐饒以現，讓每一種食材都能吃到，味道又能相互提引，講來是過於神奇了一點，但，不妨試試。

— 食材 —
黑豆腐、川七、紅蘿蔔、洋蔥、木耳、羅勒醬

— 調料 —
橄欖油、老薑、蒜頭、破布子醬、甘草粉、花椒粉

— 作法 —

① 煎豆腐

② 汆燙：川七、紅蘿蔔、木耳，燙熟後取出切絲、切塊

③ 生洋蔥切絲

④ 調配清醬：羅勒葉，放入果汁機；加入蒜頭、橄欖油、檸檬、鹽巴、黑胡椒、辣椒（酌量），一點點開水，打成泥

⑤ 擺盤：以川七葉為底，加上豆腐及其他材料，淋上青醬

當歸燉豆腐

　　若覺得用蔬菜豆腐來作料理，味道一定不可能像非素食的食材那般豐盛多樣、富饒口味，那就太小看咱們蔬菜系囉！多半的蔬菜經過長時間的燉煮，慢慢釋放而出的甜味與香味，融入湯汁之中，其美味是其他食材無可替代的，若再善用辛香調味料及中藥材，或與其他蔬菜一起烹煮，將會讓原本單一的菜味，躍升到多層次的口味喔！

── 食材 ──

板豆腐、白蘿蔔、當歸、枸杞、
檸檬葉、薑、蒜頭

── 調料 ──

醬油、鹽、白胡椒、花椒

── 作法 ──

① 以白蘿蔔、當歸、枸杞為湯底，熬
　煮一小時左右

② 加入花椒、檸檬葉、薑、蒜頭、醬
　油、鹽、白胡椒，調味

③ 將板豆腐切塊丟入，與濃郁的湯一
　起燉煮一兩個小時，即可入味

義式紅醬豆腐

紅醬義大利麵是這麼搞出來的嗎？也太費工了吧！原以為只要蕃茄切切，蘑菇炒炒就可以辦到（以為義大利人偷懶），沒想到要熬煮出味道深層且濃烈的紅色醬汁，要花很多時間。不過功夫是練出來的，味道是你想像後徹底執行才有可能；深邃的紅醬，淋在剛煎好的板豆腐或吐司上，味道與外觀皆十分完美！

── 食材 ──

豆腐、洋蔥、奶油洋蔥、大蕃茄、蘑菇、乾燥香菇、傘菇、草菇、蒜頭、毛豆仁、豬母草（馬齒莧）

── 調料 ──

義大利綜合香料（俄力岡葉、羅勒葉、迷迭香葉、牛膝草、洋香菜葉）、九層塔、風味綜合鹽（日曬海鹽、玫瑰鹽、花椒、黑白胡椒鹽、煙燻紅椒、小茴香、孜然）、紅酒、紅酒醋、黑胡椒、檸檬、橄欖油、蕃茄醬

攝影／Kaka Lin

── 作法 ──

① 切洋蔥，低溫炒香，蒜片入，提高溫度炒香

② 另起一鍋：乾香菇泡軟香，切片，各種菇入，炒香，加些黑胡椒粉，關火，伺生汁液

③ 蕃茄底切十字，開水煮滾後撈起，浸泡冷水，剝皮，切塊

④ 將步驟②鍋菇類及汁液倒入步驟①鍋中，加入香菇水、水、切塊蕃茄、新鮮九層塔、橄欖油，開始中火熬煮約15分鐘

⑤ 中火熬煮後，加入紅酒、紅酒醋、蕃茄醬、義大利綜合香料、風味鹽，轉小火，熬煮15分鐘關火

⑥ 加入現切檸檬汁（半顆至一顆）視個人酸度微調

\Tips 1/ 可以去中藥店配四物配方（當歸、熟地、川芎、白芍），當歸多加
一點，或者買現成配方包（超市有），先燉煮過後（一兩個小時，越久味道越
濃），加入上述的材料，另外再放些米酒也可以。

煎油豆腐

市售油豆腐通常太過油膩，買回家後一定要用滾水燙過再料理。油豆腐的嫩與香，以及利用它本來的熟度，做涼拌或溫豆腐都十分適合。重點是調醬，如果調醬奧妙，通常會讓一塊十元的豆腐，晉身為五星級的料理。

— 食材 —

油豆腐、蔥

— 調料 —

醬油膏、白芝麻、辣椒油

— 作法 —

① 市售油豆腐用熱水燙過，去除油味

② 撈起，加入醬油辣椒等調味，灑上
　 蔥花、白芝麻

燒豆腐

　　這一道是炒完配料後，再用燒煮方式，把調料的醬汁鎖進豆腐體裡。如果你打算隔天再食用，收汁要不完全，得留些汁，但切記醬料不要太鹹，板豆腐煮後，浸泡到隔天會過於入味。

— 食材 —
板豆腐、蔥、蒜頭、辣椒

— 調料 —
橄欖油、醬油、花椒粉、玫瑰鹽

— 作法 —

① 市售豆腐先用熱水燙過，去除油味，切塊狀，靜置

② 炒蔥、蒜頭、辣椒，加鹽

③ 入豆腐，翻炒後，加一點水、醬油與花椒粉，轉小火靜置

④ 開大火，等醬汁完全收乾，起鍋

習藝於自然

CHAPTER 03

一座迷你植物島的形成
── 苔蘚蕨之島

森林裡的隙縫綠光

　　漫步森林中，高聳的林木底下，有各式各樣的耐陰植物蓬勃生長，加上醞蘊的水氣，行走的路徑不時就漫染成一片溼漉之境，尤其是在清晨時刻，露水沾附的葉面上、石頭上、泥土與石塊混雜的山路上，處處可顯，直至太陽照進林裡，水氣微微揚升，空氣中的分子律動得更為鮮活，此時，站在樹林間，整個身體被大地包覆起來，心神特別凝聚之時，會發現表層皮膚孔隙正微微張開，自行呼吸吐納著，每一個毛細孔都像是森林的孔隙，早已在等待襲進、被水珠填滿。

　　水氣浸染著眾物，溫潤的眾物又各以獨特之姿，自成聚落，走在森林裡，綠意覆圍下，每個綠色群落，歷歷分明躍然於前，尤其在天晴之日，光束穿越叢木灑落林間，在布滿苔蘚的石頭上輝映出一道道的綠光，燦色鮮活得像是劇場的 spotlight，讓人不自覺將目光落定，趨步近身觀察。

苔蘚出現的水域

邊緣化的配角植物，苔蘚正發光

　　細密如布纖維的苔與蘚織成了一片綠毯，輕盈柔軟地攤羅在石塊上，微細而繁複的組織結構，使肉眼一時無法看盡看細，例如：數個苔蘚一起共生於一小石頭上，無法一時辨識出究竟有幾種屬、幾種科之別，樣貌既雷同又好像有些微差異，必須使用經驗比較法才有辦法辨識時，腦中的苔蘚資料庫又少得可以。但，叫不出名字又如何呢？彎低身體貼近便是與植物交會的開始！對我來說，走進森林裡，首要之事是從生硬的肢體與腦子的先決中拔開，不讓知識先占領自己的腦袋，伸展四肢，旋開緊張的體姿，放掉目的性與經驗性的觀看習慣，尤其是苔蘚，大家對這種總是貼覆在地面、石頭；貼覆在樹幹、樹枝上的植物，大概只有認知到它們只是配角之類的附屬植物而已，如同大樹下的草皮、分隔島上的綠草等裝飾性的綠皮植物，尤其生長在城市裡，除非被特別豢養與培育，不然苔蘚總是顯得非常邊緣化。但生長在一大片樹叢裡、森林裡，它們便得天獨厚起來了！充足的水氣、間歇性的光照，並與多種植物一起共生吐納，讓它們毫無顧忌地大大展開，漫染似的貼覆在各種介質上，有的狀如羽毛、有的扁平如葉、有的星狀微刺、有的柔軟如絨。只有細細的透明狀的假根，沒有實根的苔蘚，宛如浪跡的旅人，不打算紮根定居一地，卻處處皆可以是旅宿似的，當孢子隨風飄散，光來、雨來，通風的氣流灌注，它們便恣意的就地漫開。

$$\frac{1}{2}$$

1. 森林中不知名的苔蘚
2. 苔蘚的生長環境

吸納塵埃以淨空

　　苔蘚在台灣處處可見，據目前研究記載顯示大約有一千多種，就單位面積來說密度之高，而台灣屬熱帶、亞熱帶氣候，海拔高度又高達四千多公尺，其垂直性又跨越溫帶、寒帶氣候，因此，苔蘚種類多樣，分布區域廣泛，在各海拔山區、甚至平地水溝邊、家中日照較不足的盆栽表土等偏陰溼之地，幾乎都可以看到苔蘚蹤跡。大太陽底下，它們時而如隱士，褪色成一撮黃褐色的草堆；在雨水充沛時日，又躍身為鮮綠活跳的模樣，生命力十足之強盛，甚至被作為空氣清淨指標植物。目前有的歐美國家把苔蘚當作抗性強的耐污植物，例如：觀察地衣生長的狀態，若是地衣種類少、覆蓋率少的話便可以推測該區域的環境污染率偏高，甚至可以把地衣生長反應細分對照其空氣污染帶；地衣存活率高，該地的環境污染品質標準——SO2（二氧化硫）濃度相對也低。苔蘚植物的葉只有一層細胞，二氧化硫等有毒氣體可以從背腹兩面侵入葉細胞，使苔蘚植物無法生存，人們因此利用此項特點，把苔蘚植物當做檢測空氣污染程度的指標植物。

　　近年來，德國一家公司推出已研發十年的苔蘚牆，報導資料顯示該德國公司製造多個尺寸的立面苔蘚牆，一片大約一米，乘以一米大的苔蘚牆等於 275 棵樹木，僅僅不到 50 公分厚度的立面苔蘚牆占地小，有供水系統加上內建太陽能板，如果自然光無法照射也能自行運作，維生系統十分簡單，重點是可以吸納並對抗髒空氣。如：懸浮粒子（PM）與氮氧化物（NOx）等看不見的空污物質；其特殊結構可以運用靜電吸附細小的粉塵物質，將粉塵中的硝酸銨轉化為自己所需的養分。倘若效果真如報導所說如此斐然，被很多科學家認定為低等生物的苔蘚，簡直要大大翻身了！延伸試

營造一處適合苔蘚生長的環境

想，把苔蘚種植在每棟大樓的頂樓，以取代草皮作為隔熱與降低空污的綠屋頂，苔蘚無根，無需覆土太厚亦能繁殖與生長，如此也能減輕使用綠草坪所需的土壤重量，減輕頂樓整體負重。台灣對於未來居家若能思慮自體生產能源與循環的計畫，使苔蘚得以有效對屋頂隔熱、提升防水功能，將從被認定為毫不起眼的配角植物，翻轉成一種新興的綠能植物。

苔蘚躍為景觀主軸

日本京都的西芳寺、中國杭州西湖旁的公園，都藉由大面積的苔蘚所形成的特殊質感作為景觀中的主軸設計，位於水氣豐厚的湖海之邊原是苔蘚生長良好的棲地，加上十四世紀的日本對於寺廟這類靜謐空間的塑造，庭園景觀若是一年四季都能保持常綠，沒有換季榮枯的問題，那麼細密的苔蘚搭配石頭所形成的素靜之感，恰好與寺廟欲塑造的氣息得以相容。

看起來苔蘚有變成顯學的潛力呀！日本這麼多美麗且令人嚮往的寺廟庭園案例中，苔蘚能有潛在對環境保護的綠能功效，被運用在大面積的景觀設計理應可行，但為何目前景觀園藝市場上還不熱中推展呢？會不會只能遠觀而不能藝玩焉？例如：可以在草坪上面又躺又踩，但苔蘚脆弱軟性的結構，腳一踩下去凹陷就很難恢復了！又或者，其實苔蘚不易照料，必須在溼涼又不能間接光照的環境，苔蘚作為草坪樹蔭下長得特別好，但非樹蔭底下太陽時常直射，氣候條件不同，除非人工謹慎豢養，否則是非常不容易維持整體一致且鮮活蓬勃的樣貌，在此，看似處處蓬生的苔蘚又顯得嬌弱可貴了起來，一跟當下的環境天候不對盤，就排拒性的傲拗難長。

自家培養苔蘚，需注意溼度、溫度與光照

散步爬山尋苔蘚

　　理解這些苔蘚的特性與預想它可被期待的未來，絕不是我親近它的緣由。在山上生活多年，直到離開喜愛的環境之後，對山裡花草樹木的極度眷戀才是我關注苔蘚的主因。好像心神早已寄養在山林裡，到平地居活卻開始流連忘返；開始思念一種美好，並設法把它們移植到現在的生活中，以繼續孵育這樣的美好，這的確是種想望、奢求、假性的幸福延伸。那幾年，只緣身在此山中，被大地籠罩，團團圍覆，看的是全觀的風景，身體的養分是來自一整個大山的吐納。而今，採擷植物帶回家豢養的行為舉動，猶如將一整個森林濃縮在一個小小空間裡的微景觀瓶，尺度雖然縮小但意寓可以無限放大似的安慰著自己，但心中卻十分明白：一棵樹與整座山的樹所形塑出來的環境可是天差地別呀。隔著景觀瓶，像是隔著玻璃櫥窗，碰觸不了太多的，只有遙看、遙想，對舊有美好的回憶進行複製、繁殖。

　　基於這樣的懷想，便開始在新住家附近的小公園（培英公園）、社區後山（劍潭山）、靠山邊的親山步道（雞南山），甚至沿著國防部外圍攀滿多種蕨類（腎蕨、海金沙、山蘇、鐵線蕨、姑婆芋、斑葉月桃等常見的植物）的擋泥土牆桓上，尋尋覓覓有著連結「山裡的味道」的苔與蘚。尋味路線的布署，是在無數次的散步中形成的，無意識朝向仿生行為似的，植物根系般的，路徑由一個點慢慢往四面八方延展開，是我目前枯燥生活中所寄寓的「生路」、「活路」，路會通達到哪裡尚且未知，而沿路吸著暫離塵囂的氣息，微光常

珠苔科

走在劍潭山的雜林路徑，任身心被綠意完全包覆

森林的水氣與綠光，可淨化疲憊的身心靈

伴，偶爾雨露裹身，不自覺遂成了居處城市裡的日常。

　　最常在晴天的傍晚時刻，沿著後山緩坡上劍潭山，完善且新穎的鐵道木與水泥石階步道，是體貼眾人的設施，幾步便有靠近樹緣的木架平台，更是讓人得以隨時歇息賞樹、聽鳥看鳥的善意。平台式的步階，對我來說太過工整有秩序，不小心就變成階梯驅使著人走路，因此，常向左取道走一條登山客們長年履步開出的一條泥石路。一路上時有傾斜超過 80 度的斜坡臨前，需呈現匍匐前進的姿勢，並用雙手握拉狎近身體的樹幹或者兩旁的尼龍拉繩才得以前行，即使有些路段不那麼斜曲可以挺起身體筆直地走，我也老是喜歡像動物一樣馱著馱著，攀附在泥石上爬行。對的！我喜歡

貼近樹根盤據著泥石雜布著的土地，以近距離探視美麗漂亮的苔蘚及蕨類迸生在意想不到的地方。接近日落的陽光滲灑入雜林，穿過樟樹、九芎、茄苳樹、綠竹以及不知樹名卻野漾雜杳的樹群頂端來到，林間穿樹之風一來，眾葉開始翻飛折射著光，透出多層青綠色階。坐在大朽木上或石頭上暫歇，仰頭聽樹鳴唱，風一停，林間覷靜無聲，除了松鼠不合大地節奏，兀自在枝幹上以小步來回疾走，製造聲響。傾刻，連人的呼吸都緩慢下來之時，也是感官尤其敏銳之時，自然引著我去「碰觸」它們。在大石塊下的陰翳處，小石頭、樹幹、樹葉上、岩壁上、腐葉、新幹上各處開始「浮現」苔蘚的蹤跡，它們通常比任何植物都還要默靜，好像得用上嗅覺，才會聞出它們專屬的氣味。我曾經在這裡看過的苔蘚有：粗裂地錢、金髮苔屬、珠苔科、鳳尾苔屬、細鱗蘚、羽苔科、真苔、提燈科苔、白髮苔屬、羽蘚屬、金髮苔科、灰苔科絨蘚科、合葉蘚科、扁萼蘚科等，這些名稱都是後來搜尋於資料甚少的網路與苔蘚社團所得知，一定有些細微到我尚分辨不出來的差異存在。在觀看的此刻，只有忙著大開眼界，想要把眼前的苔蘚都看盡。

有時興致一來想要撿拾苔蘚回家養，會以容易取得的，不那麼黏貼於介質上的為優先，通常看中之後，會先輕輕試撥一下苔蘚黏著在石頭上的緊密程度，大抵苔蘚只有輕盈的假根，因此大部分苔蘚可以一小塊一小塊被剝下，有時若尋獲不超過掌心大小覆滿青苔的小石塊，也會整顆撿起，以保持完整度。在這裡，像在淘寶一樣，感知力要到位，眼力也要到位，配備要齊全：數個隨身可攜帶的密封袋或密封盒，有時會多兩根常用的不鏽鋼細尖頭鑷子，兩根合用輕輕勾剝以免傷了苔蘚，但多半還是用手摘採，採完之後，小心翼翼地分裝放入盒袋中，以免彼此擠壓。四周都是美景，有時候所謂的「看中」是來自一個心中隨喜而凝神聚焦的瞬間而已。一段

溼、熱、陽光三位一體的氣候帶環境，發現苔蘚植物的蹤跡

　　橫躺的筆筒樹朽木上，抱樹石葦枝枝昂立呈動態搖曳的橫向布滿樹幹，與之共舞的是白髮苔屬棉鬚般的絨毛，綠加了白的輕柔綿細，讓此框景的綠層次更趨豐饒，貼著深咖啡溼潤樹幹的還有羽苔蘚屬鋪開的細片網，像是裝飾般的蕾絲織羅著縫隙，於此，眼前是一幅又一幅無從挑剔、完整的畫，而大自然是最強的美術設計，它依循幾種植物元素的自然生長邏輯而鋪排、配置，包括生長時不斷的開枝展葉，以及往底下的紮地延展，在線性的時間軸上展地迸生，又在空間上迎納各維度滋長的未來，也許這就是非制式的動態自然美學的一環，也是植物獨有的藝術，不斷變化的生命現象，定格在此時此刻，又在下一秒衍生出其獨特分屬的姿態。

　　此時，如果是你，也不忍破壞這美好的畫面，轉而取周邊那些

在枝葉掩抑下，在腐葉與斑駁石塊間隙的、零散的、還未成形的小塊苔蘚，雖然我沒有大自然的神之手可以繼續展布這些植物的未來，但依我親力親為，日日觀察式的種植術去延續它們的生命，或許還不致太過糟糕。

　　此時此地，淘寶的對象還有與其生長環境相仿的蕨類（溼、熱、陽光三位一體的氣候帶），它們更常環伺在我們生活周遭，在台灣的山裡尤其常見。而我熟悉蕨類的年分超過苔蘚很多年，飼養蕨類的經驗也較多，因此，在此採集蕨類通常會以小苗為主，從小開始養的蕨類成功率很高且有革命情感存在，而現在的生活環境，無法大方地一種蕨類給一個大容器，通常必須混種，若是一開始打算跟苔蘚一起種植的話（想必然尺度不會很大），所採的蕨類真的要挑選迷你袖珍版的超小幼苗了。鳳尾蕨、長葉腎蕨、鐵線蕨、海金沙、卷柏、伏石蕨等常常成為我盤中的常客，易採，易種。

　　這條我爬了數十回的上坡路段（下山有時走台階，有時往圓山方向走），垂直地勢直通最高處（大約海拔 100 公尺）的大觀景平台，比起一路向上的步道台階，走這條捷徑，沿途不停留欣賞風景的話，腳程約莫二十至三十分鐘後到達頂點（比起走台階的時間少一半），至於什麼時候到達？喘吁吁的攀爬直到頭頂端出現了超大型的三角型岩塊，宛若諾亞方舟般的，一個在你用盡氣力時打算救贖眾人的象徵物。我曾在這塊大三角岩壁底部，看到超細微的綠藻貼附在立面上，是一種你會想伸手撫摸的絨毛感，那是在一個下過幾天春雨，隔兩天後的石壁景觀，黃色與綠色摻些橘紅色混雜拼起的類似毛毯質感的抽象畫，我取了一小塊，想說藻類跟苔蘚的生長條件類似，回家就直接將它攤覆在一個種著小山蘇與小腎蕨的小盆栽土面上，幾天後黃橘色塊消失，恢復了原本藻類該有的專屬鮮綠。

長在溼壁上的藻類，細柔如絨毯，常被以為是苔蘚

野外採集紀實

不同的區域氣候，就有該地慣長的苔蘚種類，發現一處苔蘚聚落之後，會很雀躍地想發掘更多的苔蘚種類。本來沿著樹林散步是為趨近自然，有段時間，為了尋找苔蘚，無目的的散步退居第二位，眼睛像

水族與昆蟲生態多樣

自動加裝了探測針，所到之處，只要有綠色軟布似的片狀攤在枝葉幹石上，無論大小都會被掃進眼底。外雙溪內的坪頂古圳是我常特地驅車前往的地方，開車半小時到登山口，爬山半小時後就可泡在涼涼的溪水中，堪稱離台北最近的郊山水域。沿路水氣盎然，內雙溪與內寮溪流經其間，是士林平等里該地百年以來的引水區。一路蜿蜒曲徑的步道與水渠並行，流水潺潺與動植物生態多樣並茂，溝渠內清澈見底的水常居藏著蛙、水蛇、魚蝦，沿壁恣長的海棠、蕨類、蘆竹、山蘇、姑婆芋、苔蘚等布成長長曲面的植生牆與水共歡，蜻蜓、藍鵲偶爾暫棲點水，到了夏季水更涼，脫了鞋子浸到水裡行走，偶遇水蛇時，其怕打擾了遊客的興致似的，閃溜速度之快，主客體完全異了位。

從山壁斜拔出來的橫亙枝條，讓山石路一路有樹蔭闊頂，窄窄的道路上，草石併生，芒草在夏季茂長，與蕨草共構為路緣。恍若電線桿粗壯的枯枝，倚立路旁，枝幹斷面參差，鋪滿了苔蘚，蹲到地面從立面看之，像是一幅山水景觀；朽木代替山巒，高低錯落，聳立的與下沉的都帶著氣勢，微小而力足，絹苔屬的綠葉絹苔流淌整座微山水；疏密有序地細細滋長，下入谷地若有垂瀑，上攀尖頂便昂然叢茂，詮釋了山水意象裡的翠綠山頭籠罩靜長的群木。谷底是貼地的地錢蘚屬（配子體邊緣呈波浪狀），上有細細直

立起的傘形環狀裂葉的雄托（周邊略帶透明）與雌托（雌托比雄托高）。一旁鋪開的土馬鬃科、金髮蘚屬是另一個立竿插旗的群落；整枝紅褐色帶柄的孢子體與綠色針支狀的配子體羅列，一針一線密縫起綠毯基地，這微小景觀讓人目不暇給的是每一寸空間布滿著的奧祕生態，每見一回、驚豔一回。

水聲引著路，越是接近溪谷，與樹群共闘的溼潤氣味就越濃厚。彎折的山路，一邊是崖一邊是壁，崖面樹枝盤踞見不到底，深處無以度量，壁面隨縫滲湧的泉水蘊飽了植物，沁涼之氣更是越加令人趨身暢行。踏著大小亂石逐地鋪開眼前汩著潺潺小水的下坡路，終於來到了溪谷。在崖面所見的樹枝盤桓沉到了谷底，成了籠罩溪谷的臨界邊緣，筆筒樹、台灣桫欏、鬼桫欏、山棕、九芎、

生長在樹皮上的苔蘚與蕨類

苔蘚的出現，水氣與
間歇性陽光缺一不可

檻樹、相思樹等更多叫不出名字
的樹種，野放似的，在此匯流齊
聚奔長，這裡沒有一棵樹是筆直
的，沒有一塊石頭身上毫無斑駁
戰績。大小山石嶙峋，錯落簇
立，圍塑起一區一區的水域，覆
滿青苔的石面是溼氣與陽光共構的痕跡，狹近一大石觀看，苔面上
有檻樹、楓樹的幼苗，薊屬鋸齒狀葉扁平展開，多種石葦屬的走莖
若繡線般秀氣地縱橫奔走，其他參差錯落的蕨類大軍雲集於此：伏
石蕨（抱樹蕨）、鱗蓋鳳尾蕨、箭葉鳳尾蕨、巢蕨（山蘇）、細葉複
葉耳蕨、毛葉腎蕨、腎蕨、線蕨、大金星蕨、小毛蕨、密毛小毛蕨
等眾蕨包覆著大石，也作為動物暫時的穴居之處，有次偶見水蛇一
動也不動地蟠居棲息，似乎在作日光浴。溪谷漬染的水氣讓這些苔
蘚蕨得以蓬勃生長，而大石像是山谷裡芸芸眾物的接收所，它見證
了天光山色眷顧於此的美好，及植物繁衍本能之強盛，孢子、種子
幡然飄飛在溪谷間，幾經準確降落才有小苗冒出頭，揭示生命存續
的起始。

寄附大石上的苔蘚

　　也就是在這顆石頭上，我發現苔蘚蕨可以共同生活的可能（也許植物專家早就知道了吧！）腦中一直出現苔蘚蕨密布成一個島嶼的畫面，心想，也許我能將尺度縮小到兩隻手掌大的空間，用精微的模式打造一個迷你植物島，依循自然，擬仿自然，將植物聚密以養的話⋯⋯

　　坐在溼漉漉的大石上，雙腳垂浸水中，夏季的冰涼總是能立即觸降體熱，腳踝碰到輕輕軟軟的苔蘚，石上的積苔不厚，雖不至屐齒蔭蒼苔（取自南宋詩人葉紹翁〈遊園不值〉一詩），但每當陽光照進谷底，水波映上青苔，爍光熠熠，湧現的是微細生物蓬勃的生命張力，是關也關不住的「苔」色滿園。

　　在水域旁的苔蘚因長年溼潤水氣的蘊蔭，苔蘚種類多采多姿。無數回訪遊陽明公園內的大屯山瀑布與小隱潭，瀑水急促湧流，夾雜溫泉的乳白色水束大力沖刷岩石譁然作響，光是水氣就足以浩

瀚湖池似的，一陣陣浪波似的晶瑩水花濺及四周，草木應水滴頷首、吸吮，於是臨水瀑旁自然生成一面又一面的苔牆，光照越足處就越顯鮮綠。曾經在這兩處瀑水旁發現的有片狀層疊而長，表層有明顯的突起紋路（像蛇皮膚）的蛇蘚科，裡頭藏著正探出頭的蕨苗、雞屎樹葉上完全攤平的扁萼蘚科由中心點往四周遍長、澤苔屬填隙般在岩石的斷面簇立成團，茂然而開、大鳳尾苔垂降的尾羽面水羅列，臨水處與長在略高處呈現不均勻的色澤，即使在如此局部的窄域裡，含水量不同，表層色差就如此明顯，可見其對環境敏感度之高。

　　大自然裡，有著規律的造物循環，不會有動植物輕易主動退出演化機制，它們互為盟友的在大地生存遊戲裡，互有消長亦互相扶持。看似柔弱的苔蘚蘊涵著強大之力，足以將沼澤陸地化。沼澤陸地化，在每階段演化的環節裡，能貢獻其長，作為其他樹木的涵養根基，樹木茁壯後環伺布署的氣候帶，將是提供苔蘚良好的繁殖生長條件。

苔蘚蕨共生的溼漉環境

苔蘚蕨植物島

　　居住在有著美麗的福爾摩沙之稱的台灣，山脈縱橫，高峰綿延，平地廣闊，海洋潤澤了四季，熱帶與亞熱帶氣候分層鮮明，孕育出豐饒的島嶼植相。長在島嶼，生在島嶼，日日被其懷抱著，如果要造一座小小植物島，就我常年接受台灣本島涵養的結果，個人理解台灣之美的角度，它的意象將會是一個物產豐隆，具體而微，屬於奔放、不規則、微雜亂的小島樣態。如果要我仿效市面上的盆栽、水族造景的秩序系統，我還真的做不來。主要是在市面所採買的盆栽為了方便消費者種植，訴求照顧時間的濃縮，又容易存活，因此款式有限，種法雷同。而喜歡野外採集的人，對種植植物的祈願不只是看著它能活能長能不枯萎就好，大部分的野採同好，希望透過親自的採集活動，探尋植物生長之地，進而觀察植物周遭的生態，這樣一來，越熟知原生地的環境特徵將成為種植照料時的條件依據。而尤其帶著實驗的精神去養植目前資訊極少的苔蘚，以及，把苔蘚與蕨兩類不同綱目的植物種在一起的實際案例，大概只有在山林裡、野地裡、大自然的天候裡才可能看見完整的環境之下，形塑出渾然天成的美麗。植栽行為，就如我前文所說，是一種美麗想望的移植與再造。

　　用開墾荒地的心情來造一座植物島吧！雖然荒地的大小單位，大概只有幾個在十幾二十公分以內見方的尺度爾爾。通常，我會把採集回來的苔蘚分裝在一個一個玻璃罐裡（除了原有苔蘚下的土石介質外，瓶底會先墊易排水的赤玉土，再堆上一層腐植土，先用水噴灑、浸溼，並移放到陽台所種植的三棵黃金串錢柳樹的底下（陽台的土槽有一米深，二米五寬，因此可以種小灌木），因陽台有半日的光照時間，透著串錢柳細密成串垂墜的葉縫，光影搖曳

葉扶疏，對於蔭照底下的苔蘚所需的間接光照，提供了必要條件，而住家後面是一座小山，社區樹木繁聚，也部分提供了苔蘚生長所需的溼氣條件。其中，採集於同一區，感覺需要大量溼氣伺候的種類如鳳尾苔科、金髮苔科與提燈蘚科，部分用悶養的方式，製造瓶中的更多微溼氣，但需要一日開瓶兩小時透透氣；部分則置於水盆之中，但試養結果就是黑掉、爛掉，看似未完全枯萎，但顏色再也不如以往鮮綠。很多經驗都是不斷從挫敗中得來的領悟。苔蘚喜歡溼溼的水氣，但不代表它們喜歡整株整片地浸泡在水裡（但是莫斯類的就很適合跟水草一起沉水養植），如此一來，若是夏季這種陽光灼灼的艷陽天，一日之中往陽台大面積噴灑水兩至三回，是千萬不能忘記的環節。說到此，我當然有過回家之後，對著陽台上變黃褐色的苔蘚大聲驚呼的經驗，趕快把它們浸泡到水裡急救，頓時變成褓姆般的，彷彿遺漏了對小孩的照護似的，抱歉連連，但變黑變黃的苔蘚就如同燒燙傷一樣，真的要花上好一段時間，送加護病房（一日觀察數十回特別照料）才可能恢復。心裡想著，以後一定要蓋一個溫室來照護植物，不然人為的疏失，是很容易搞死植物的。

採來的苔石，放在有日照的窗邊，
陶盤蓄水，養了三個月

陽台的開放性生長環境

陽台土槽內，還有幾處分種了家人採集回來的幾株蕨類，每株採栽時大約是五公分高的小苗，例如：烏蕨（鱗始蕨科，烏蕨屬）、粗毛鱗蓋蕨、克氏鱗蓋蕨（碗蕨科，鱗蓋蕨屬）、全緣卷柏等，經兩三個月馴化後，每株都長了一倍大，枝葉展擴迅速逐成小小蕨林，於是，把在雞南山楓香樹與鳳凰樹下撿回來的幾顆大小苔石、在羅東運動公園撿拾的落羽松樹皮苔塊，以及在外雙溪山路旁腐朽的筆筒樹上整片取得的完整苔片，分別安置在這些小小的蕨樹下，希望可以躲避一些直射的陽光，吸吸群蕨的溼氣，儘量建構一個適合它們原有環境的樣態。還有些連土的苔蘚，就直接鋪在陽台土槽表土上了。另外，一些苔石塊就放在淺水盤上，底盤蓄一點水，讓水蒸發時，可以潤澤苔石。也有放在超小的雞精玻璃瓶內的苔；也有特地用線直立綁在樹幹上的蘚；也有剛摘來不知是水草還是苔蘚的物種，就直接取一小株放入裝水的試管瓶內觀察等。種種如何讓苔蘚從原生地移居之後，可以長得好的實驗項目一字排開，每天早起自己還沒喝水，就先衝去陽台一一點閱，看它們口渴了沒？有沒有焦黃失水？打開悶養瓶的蓋子，往串錢柳樹噴噴水，讓水隨著葉子滴滴答答垂落，壓住水管口產生細細水霧般的，遠遠的噴澆在整個陽台，人工製作區域性的溼潤度。

無法造一座小小森林涵養植物卻又愛養的結果，就是被植物綁架。有好多時日被裹住腳無法出遠門，但看著這些迷人的小植物日

日生長的微細樣態，好像世界就長在我的手心裡。心裡想：就算當一隻鳥到處啣枝以填海，也很甘願。這隻鳥，現在要來造山了。

前前後後數十回的採集，終於到了我覺得可以開始著手種一座一座小植物島時，已經歷經兩個月了。採回來的苔塊、苔石能活下來的大概有七成，能活下來且長得茁壯的大概有一半，大抵上，長在岩石上與腐朽樹皮上的苔蘚，成長狀況最優，它們會在原有長出的區域繼續往四周伸爬，速度之緩慢之微細是我這個日日觀察控所感覺不到的，通常是不小心翻閱到以前的紀錄照，才會驚覺，啊！捲葉溼地苔已經開始占領起東邊山頭了啊！

這種微妙滋長的趣味、難照料的過程、想要維持青綠的執著，以及種類無法立即分辨，卻又好像似曾相識的難以捉摸感，在在迷惑著我。於是，覺得它們躺在試驗林裡似乎有點太安逸了，應該要來個實戰經驗，冶煉一下它們的本事。

一日，準備了兩個收藏用的陶盤，一個小長方形（13 × 10 公分），一個大長方形（20 × 10 公分）。小陶盤上：把其中養的一塊長滿綿綿灰苔的健壯苔塊，底部噴一些水，加一些陽台的泥土將底土加厚到五公分，作為盤中偏右側的主體，左側放置一大塊真苔科苔塊，底部加土約三、四公分（比右側略低），兩塊都微微地捏塑成圓弧的、填實成土丘狀，兩丘連接一起，大致形成了這座小島的主量體，因略顯單調，在主體右後方加入了一顆長著鳳尾苔與金髮苔及十分貼壁的青苔小石塊。在石塊與土丘間，種了巢蕨屬（暫名小山蘇）作為邊界接合的意象，讓長速快的山蘇葉可以高過石塊以遮蔽石上苔蘚。久而久之，泥土流向石底縫隙，小山蘇也紮根於此，石與土就正式結盟，分不開了。中間土丘最尖處把密毛小毛蕨

1. 在溼度高又有光照的環境養的苔蘚盆

2. 採苔時需詳記其原生環境

3. 試試其沉水養的可能

1 / 2 / 3

的帶土幼苗用鑷子輕輕地插進原有疏密不一的真苔塊上，最前端植入石葦屬、圓圓的伏石蕨，左側植入超小株，不到 0.1mm 的鐵線蕨幼苗，後面山丘則植入常見的莎草蕨科的海金沙（約 0.5mm）。大致抵定之後，就把碟盤放到陽台邊，讓這些在串錢柳下還能生存的苔蘚蕨繼續居住此地。之後，時不時就把到郊外散步時，撿回來的苔蘚，一小撮一小撮地貼附在苔蘚土丘上，有時植入幾株金髮苔，有時是鳳尾苔，有時撿到漂亮的烏蕨小苗，完整的全葉卷柏、扁平的生根卷柏、較少見的短柄卵果蕨等，就依照自己的美感配置，選擇比鄰而居的蕨苔，有時小葉冷水麻也會自己來湊熱鬧。說實在的，苔蘚是不易照顧的群組，自覺灰苔科是最合群的，但也會枯黃變黑，補苔的方式是用鑷子輕輕移除之後，補上原有同類的灰苔，或插上幾株長長的走燈苔科，或者鋪上扁平的莫斯，或者各種初見猶感新奇的品種，例如：錢蘚、孔雀苔等。經過一個多月，新布上的苔蘚會漸漸融入表土，呈現出較好的生長樣態。

另一座兩倍大的陶盤基土主要以赤石土混培養土，長長的橫向土丘，以或高或低，不平整的設計定調。在表土鋪上大面積的莫斯，球狀的灰苔科、真苔科遍布。這座島的長型空間有種植高瘦植物的條件，於是，在左後區，把細長葉的瓦葦蕨、抱樹石葦孢子葉、蘭花草等，長速較快的置於此，希望以群樹林立感來界定邊緣。爾後，把一些小毛蕨、鱗蓋蕨、海金沙的小苗分三區植入，對角線邊界則種些葉片會垂墜的鐵線蕨、短柄卵果蕨等幼苗，邊緣再添一些短片狀的台灣鳳尾苔，穿插些三葉茀蕨。一開始，島上是平平的宛如綠毯鋪蓋的草原，不到三個月時間，蕨類大肆茂長，苔蘚則生長狀態起伏不定；有的維持一貫鮮綠，有的則略顯枯黃。依照我學鳥類不斷到處啣枝填巢的習慣，前後建置一座島的時間大概歷時五個月，期間，只要發現有新苔蘚成員，就拿著鑷子、滴管、

以陶盤盛水培養的苔石

左入瓶悶養（需蓋蓋子），右為
開放式混養（溼度需高）

剪刀以及好整土的扁平頭工具，開始進行填填補補的工作，好試試新舊共居的樣態。但，我似乎有些天真，種植過程中才慢慢發現，雖然同是苔蘚類，但是有些喜歡長一點光照，有的悶養起來狀態較好，有的垂直種就長不好，就跟人類一樣，各種細微的身體狀況都會發生。一次把多種苔蘚養在同一塊土壤上，好像要把分屬不同性格的人關在一起，強迫接受一致的對待似的，不過，一起共居的蕨類倒是耐性極強的植物，給它少少的土堆，限制生長高度，卻也青綠猶在，持續滋長著。

　　這兩座迷你植物島，從春季養到夏季，只有颱風才會收進屋子裡，日日餐風露宿，目前仍備受管束，無法一日不觀照，似乎還在風雨飄搖期！其他則陸續展開種植在玻璃瓶內，或尺度再縮小一點的植物島實驗。例如：利用家中底寬上尖的錐狀玻璃杯，裡面用多個石塊與泥土堆疊成小山丘，沿坡種植真苔，把喜歡溼

氣且可以沉水養的水草與細葉卷柏也拉進瓶中，置於室內有半日間接光照的窗邊。歷經三個月，相較於餐風露宿型的小島，這個透明的景觀瓶穩定、緩慢地長著，偶爾拿起高倍放大鏡微觀，會看見細瘦的蟲子在蠕動，蝸牛在爬行，一幅似乎比較朝生態自然的方向在進展的景象，讓我開始部分移動其他苔蘚瓶的位置，試試各種生長所在的優劣。

微瀾之所在，想必也是
滄海之所在吧！

——摘自周夢蝶詩集《十三朵白菊花》〈鳥道〉

喜歡細微之物，豐饒的生命演進，讓我們即使毫觀、微種，也能灌注能量予其上。這也是我的生命美學，細小而壯麗，萬物皆有得以覷探的美妙縫隙。

苔蘚島

1
───
2　3

1. 混養苔蘚需注意各科屬的原生條件
2. 瓶底用水苔養的鳳尾苔科苔石，悶瓶養，每日開蓋一、二小時
3. 半蓋玻璃悶養的白髮苔科，底下介質為培養土混水苔

一尺半尺小缸，苔蘚與地被植物同種

種植小步驟
苔蘚蕨植物島

准備材料

01 苔片　02 苔石　03 帶土蕨苗　04 不鏽鋼尖頭鑷子與平頭鑷子
05 玻璃容器　06 剪刀　07 赤玉土　08 培養土　09 滴管
10 放大鏡

\ STEP /

01

想像一個小島的畫面,那將會幫助你漸進而有效的形塑島的樣貌與方向。

\ STEP /

03

苔片清洗:把採集或買來的苔片或苔塊(石頭或木頭)放於水中,略微清除苔上與苔底泥土的雜質,如果需要平整鋪放於新的介面,把底部稍微剪成統一的厚度,將有利於苔蘚附著。

\ STEP /

02

↓苔蘚與地被植物合種瓶

決定容器:餐風露宿型小島需要條件優渥的環境,非直射光照與溼度。玻璃觀光型小島,以養苔蘚為主,蕨類無法恣意放養。

\ STEP /

04

→讓苔蘚附著的基礎介質

填土堆:想要的堆層,不管是綿延的山丘、雙峰、單峰,還是平原造型等,土石要紮紮實實地堆砌,以免不當澆灌水時,產生土石崩塌。另外,土堆介質太厚,蕨類會越長越大,如果你想控制在非常迷你的狀態,請節約土壤。如果是以石塊為基礎的山丘,選擇多塊形狀可以互相契合的,堆疊上去,再用土黏填隙縫補強。

排水：沒有底洞的盤與瓶，為免於不當澆灌時底部有積水之虞，建議先鋪一層小碎石，或赤土石，再鋪上泥塊土、培養土、水苔，以利蓄水、排水。

貼苔：將苔片用鑷子夾起，輕輕貼敷在表土或石上，用手或扁平鎳或是尖頭鑷子的另一端平頭處，輕輕按壓，好讓原有基質可以附著其上。如果怕黏著度不夠，尤其是要貼附在立面的話，有的人會使用糯米紙，我則是先在土石上先噴上洗米水。

開始種植：依照你的景觀布局，加上對植物的知識，假設現在與未來的長成預測值會是如何？如果都不管，那就不用擔心，先顧好苔蘚最重要。一次型種植可以穩當的，安定的不打擾到植物；階段型種植就是 free style，會長出先前所意想不到的，無法規劃的驚喜樣貌，當然狀況也是相對連連而來，請接招吧！

取三塊苔片組合

放置所在：選擇家中最常被你看到的位置吧！免得一時遺忘，變成黃黑很難搶救。良位還必須得以接收到散光日照，與時時可以製造溼氣的地方，以人工按壓噴霧水瓶，一日兩三次，或者，用滴管少許的水滴入瓶中或基部，或看狀況少量直接滴在苔蘚蕨上。

耐心照顧： 像在照顧家中寵物或小孩，一般的辛勤是必要的。適度地將島上枯黃的葉子清除剪掉，好讓寸土寸金之地的養分可以供養其他存在物。聽說苔蘚不需要特別的肥料，自來水就夠了，但我偶爾想說純水也許不錯，洗米水或許有些營養，目前澆過兩三次，但成效未明。

植物島培養中

植物島增種

尋找同好： 有專業的社團同好可以互相給予資訊，補足有限的知識與經驗，亦能即時改善不良現狀，對養植苔蘚是有幫助的。推薦兩個 FB 社團給大家：「台灣苔蘚類生態紀錄誌」與「愛苔社 - 養苔、苔球、微景觀」上面很多隱藏版的熱愛觀察苔蘚的專家，與植栽美學達人。

從細微的苔蘚中看見豐饒的生命演進

大地草花流

童年家住山腳

七星山芒草

　　小時候，住家二樓陽台漆著淺綠色鐵欄杆外的土槽，一直荒廢著，突然有天開始冒出了蘆薈，沒有被家人特別照料的蘆薈，即使在乾枯而貧瘠的土壤內，仍然自行出芽活著、長著。肥厚的葉片像是神祕的儲藏庫，總是有辦法供給植物本身持續的滋長養分，也儲備了給人類應急時的即時性需求。至今，蘆薈仍是家中無以缺席的要角，靜默生長，偶爾開出一兩根長長的頂著粉橘色的花串，彎折著腰際的花，經常成了我瓶中的一枝獨秀。老家陽台持續荒廢著，有一天，隔著木隔窗的霧面玻璃，看到了一欉長長分岔的草影正搖曳，打開窗一看，是一欉五節菅芒（小時候看到禾本科都統稱芒草），帶著微粗微鋸齒的細長葉邊緣，高高低低

多種禾本科

的拋物線條三百六十度環狀奔列著，尚未對種花種草啟蒙的我，以為這就是一種很厲害的草花，開始很勤勞地澆水，把乾枯的泥土都澆得溼溼的，抽拔枯黃的葉，直到夏末開了淺白褐色的花穗，芒草也長到了一米高，那時還以為自己有神奇能力能把植物種到開花，成就感遠比用棉花種出綠豆芽還要多出很多。直到偶然間走到住家旁用水泥牆隔起來的內山邊（那是一處常常在炸山，挖山石作成水泥的台泥廠區），看到成群的芒花隨風

園子內外隨手可得的花草

齊擺，好高大好壯麗。煙硝瀰漫，灰石矇眼，乾枯的山邊，頂著赤
日炎炎，眼前意象是荒漠般的小鎮裡出現了曠野中的生猛綠意，大
概是那種少了豔麗血色，卻有著拔地而出的悍與野，在我童年的心
中，劃出了奔放的線條。

　　這種在荒漠中開出低彩度花穗的陳年印象，在我看日本電影
《花戰》時列而出；主角是一名熱愛花道的僧侶，每回從山上採花
草回程經過河邊時（十六世紀日本戰亂期，常有人橫屍河邊），看
到整群的屍體時，便開始疊砌小石頭，從桶中拿出幾枝剛採的小花
小草，插在石堆上，默唸經文，以為憑弔。河床邊是無盡的高聳的
芒草，蹭著河流而長，無聲地收容、掩蓋了身體及他物，直到僧侶
的垂憐之手，用鮮花招喚了、也款待了魂體，這才在灰撲撲的荒蕪
裡，透出一息生氣。彷彿花朵是隱然連接天與地、過往與未來的線
脈，當它在生命最蓬勃的時刻，力量即行使在無界的向度裡。

古希臘羅馬時代的最早記載，花朵用於祭祀以榮耀逝者，用於供奉以取悅神祇。綻開於四季，各式各樣的花朵們，以綿綿不絕的接續力，彷彿經過眾人毫無疑惑一致通過，獲得且接下了「延續生命」的指令；春季的玫瑰花香瀰漫在逝者的悼念會上，夏日神桌上總是有著清新白蓮的傲然直挺，還有婚喪喜慶都見得著白色香水百合的倩影，花朵以其有限的生命週期，獻給宇宙天地間無以名狀的各種存在，但，是誰將它們帶來，又默默留下？常在墓園旁，看到小菊花輕巧地從野地溝縫掙出頭來，與昭和草整株綻出毛絨絨的淨白花簇（每根羽毛都挾帶著一串種子），大地無處不飄散著生命繁衍的基因，用易飄易散的花朵果種，轉介成一個充滿詩意的循環意象。曾在一個小山內頹圮墓園旁看見被昭和草葉與花肆意蔓長幾乎埋蓋了的環形水泥墳座，像在守護一個遠古約定好的信念一樣，昭和草花野態雜生並無止盡地拓延了滿山。而光，在蘋果上萌發了翅膀般的啟動器，好協助它們在光明中順利飛行。當時對眼前景致，十分有感地寫下了幾句：「中陰（佛教術語：意指生命在死亡之後，到下一期生命開始之前的中間存在狀態。）的光與白色介面的顯相，犀利分明以至於某些部分幾乎接近去界限的虛態，我們彼此用力切磋的是沒加鹽添醋摻和塑化劑的存在實物，也在此間，輕輕試圖消弭那些過剩的集體意識的蔓延。」

也許花朵是脫離人的意識以運作，生命循環也才如此與眾生不同；即使生期有限，綻然一放，而後，自體枯萎，或有種子的續延，都以不擾的方式，繼而飄散存在時空中。大概是這種深具魅惑感的植物意識，讓人著迷。對於草花，有無可抵擋的，使身體與心智都自動趨向的吸聚力。從種植到觀賞到插花，圍聚在我身邊的必需物，有好一陣子，好似除了空氣之外，就是草花們。

光・蒞臨於昭和草花上（菊科）

身臨林間的雜沓紛相

身處於滿布花草植物的環境，老樹木、新幼葉與各色花朵同時同地的釋放能量，萬物在難以縱身錯過的時空交織下輕輕烙印痕跡，如果我們願意鉅細靡遺地行踏、經過，非刻意地想要抓取什麼，就像是無顧慮地走進一場雨，感受澆淋流淌的水滴，任其溫度與味道，觸碰身體，就像無所慾求的經過時，會是什麼感覺？

微風有微風的感覺，太陽有太陽的，而植物的氣息，在敏於嗅覺也敏於視覺之前，漸漸靠近的是難以言說的「包圍感」。因而，步入山林，成排的百年櫪樹巨大高聳地拉開拉高參天的天際線，在群蔭的涼意即襲而來之際，台灣山菊亮晃晃的一群鮮黃，亦同時閃爍在你腳邊，蹭著並招呼著。接著，突然出現了申跋（天南星科），從地底冒出一束綠白紅條紋相間的管狀花苞（佛焰苞），頭頂著大花帽似的，痀僂向你，油亮的葉子，風來葉顫閃閃。而作為森林底層豪邁地縱橫走莖的植物——姑婆芋，正值結綴出球形紅色漿果期，被鳥啃食一半的爆紅漿果，為林間上了妝紅也劃了季節的刻度，野薑花的白紙柔狀，在群樹裡是過渡的灰階，要在豐饒的綠層次裡分割出一點點不被輕忽的色顏。

像乘著風與光而來的活氧分子突然充斥在天地眾林間，當你走進森林，（你的身體）開始沿途一一點閱起花草樹木，同此時，也被眾花草樹木輕輕點閱了。與植物互為臨近的身體感，是接引自然的觸點。

往內山走去，雜沓紛相的森林，會再多顯示一些它所布署的綠引線。仰頭看，萬把萬把細長竹葉疊層鋪述起的藍白天縫，參差

不齊，點描似地狹構起的邊緣，像是來回跳躍在同一區音階裡，沒有唱岔了的音，靡亂中成序。逆光成了抽遠的背景，讓人聚焦看到的天空是藍潔淨、雲純白。光線透進綠竹林裡，依稀而散樣的熱光，將底下已然枯乾的竹葉再翻炒一次，腳踏了一地嗤嗤作響的乾燥，黃褐眾葉堆覆起綠竹枝枝壯碩而光滑的枝幹，一節接續一節競速般朝天旺長，節與節之間，枝芽簇生，底幹幾個節點仍留有即將凋落的竹殼片花懸掛。竹筍從覆蓋的乾草堆土冒出生澀的尖頭，枝枝夾聳自成小山壑。傾毀而斜倚的竹枝枯幹紊亂橫互，川七攀搭其上盤桓旋繞。綠竹青綠青黃紛陳，不算秀氣的葉子，成串成串垂匄匄矣。而大薊草紫紅的圓形花撲，閃身在張揚的、突刺的、粗糙的薊葉中挺直而出，以其嬌柔的花態，半遮半掩地融入群竹。

步入山林，與蟄伏的萬物同存

植花草與花藝有互相對應的風景

眼前是活氣盎盎的生與傾圮漸衰的息，兩者並存，生死滿相，但也僅僅是在物相上暫時的辨明而已。地底下土壤的滋擾，細菌生物的匍匐，正在釀發的芽點，邁向失水而皺褶的皮，亦趁著最後一滴生長激素奮力一搏，綻出了燦色。萬物蟄伏於大地，看不見的與看得見的，同時於生息內脈動，亦靜蟄，亦竄動。

某些植物類種看來似乎沒有編列群組的秩序觀，尤其是在非人為的、由大自然涵構的雜林裡，所有動植物的混生、互長是必然，而我常常見得此番風景，稍稍明白了「自強不息」的運行法則，不是只指戮力工作辛勤勞動的人類，被導向正面積極的君子作為，而是在大氣中，各類微分子撞擊而醞生不息的萬事萬物，如何互相成為對方的養分，為對方帶來有利的環境訊息，如何在土地有限之下劃分出合理的界線各居其所，而非單一個體、物體、類種的相互容納，原是開天闢地以來，自然界裡孜孜不懈的觀照。於是，自然草花應和之間無聲的默契，無形中影響了我植花蒔草時，以及插花時暗伏的流動。

微觀眾花相

　　自從住在山區，散步成了生活中必然的日常，每日至少兩至三小時的閒晃，成了整日最貫徹也最要緊的例行活動，五、六年來如一日。在我的散步路徑裡幾乎杳無人跡，除了鄰近忙碌的農人偶爾從田壤中抬起頭跟我打聲招呼、閒聊幾句之外，即使在假日偶有登山客路過，我也都會刻意閃避他們在山間活動的時辰，而去調動我的散步時間，因此鮮少人可以說話，此時，草花樹木自然而然成了我「對話」的對象，尤其，與太多太多的花草樹木是陌生、美麗且傾訴不完的相遇。剛入住山中時，對城市裡少見的低海拔山邊潮溼的超微妙的小花小草特別有興趣，它們是山腳邊發光的精靈，穿梭在互長的樹木群與野草堆中，兀自閃爍，渺渺小小，卻難以錯過，它們擠身在狹窄的一釐米平方天地裡，暗持著「此時過了就沒了」的即將消逝感正致力綻露著，是時與光讓它們花容顯色，就算開在山邊野地，無人探視，它們依舊執一生蓄涵的生命能量，力燦一時。太多太多美麗的燦爛花顏，一眼看不盡，再怎麼仔細看，都無法全面觀之，雖與之是巧遇而無語的相視，卻非常想要「蹲點」蹲久一點，好好近身觀察它們，於是，之後散步就時常隨身帶著有近拍功能的小相機 RICON R8（這台相機使用期間為 2008-2013 年），輕薄短小，有伸縮鏡頭，放在口袋裡隨時抽放，掏槍似的，好捕捉即時發現的驚喜。散步路徑中有一條是樟樹、榕樹、筆筒樹、九芎樹等樹種交疊繁雜而生的林蔭路，兩旁山壁上、泥石路邊，除了蕨類橫長外，半陰溼處總是藏著多種鴨跖草科及石竹科，這些草花是野山林裡最不會消失的物種，蔓爬的莖葉縱橫，長年定時定期的開出小花卉展露野地生機，如果它們不開花的話，多半掩蓋在極其相似的綠葉叢林裡是很難被發覺的。這些野草花偏偏有著十分脫俗、不尋常的美，彷彿天生就適合在原生野地裡野

近身觀花

長，是市面上販賣款式裡永遠不會被遴選到的品項，也不適合被供養於水瓶中。如果想要一睹它們的美姿，每一個季節，到野外走走，探尋野花野草的蹤跡，如果多走幾年的話，差不多就可以練成眼睛一掃，便知道哪兒又冒出了小花的洞察力。

夏季，杜若的花，透明水晶狀的花瓣，幾支頂著鮮黃帽頭的細梗雄蕊，從花房內突立，總梗帶著一長串纖細的白色小碎花，從表面略為粗糙、背面帶刺、細鋸邊緣對葉生的暗綠葉中聳立，花與葉，軟與硬的對比，彷彿長在荊棘裡的嬌弱。

秋季，圓葉鴨跖草的花，紫藍色圓形花瓣覆上了霧光膜，每片一公分大小，從低矮的莖葉苞狀中迸生，花瓣游移在光的映照裡，有時淺藍，有時湛藍。

夏季，巴西水竹葉，白皙的三角花瓣托著纖毛絲絮與六枝雄蕊，似竹葉的短綠葉，葉端凹起處藏著多支花苞，曾經摘了帶花苞的莖葉，回家放於水盆中，白色絲質般的花，天天逐開，等花開盡了，莖葉直接種在花園裡，之後巴西水竹葉就成了長住的房客。

杜若　　　　　　圓葉鴨跖草　　　　巴西水竹葉

田畦裡冒出的鵝兒腸

大苞水竹葉

火炭母草

　　夏季，大苞水竹葉，淡紫色的花瓣被鮮綠透明裹著彈性的蒴果頂著，白帽雄蕊被絲絲紫纖毛圍繞，一大群低矮莖葉竄生在微溼氣的土石堆裡，繁殖茂盛，隨手摘取後，移種園子裡壁邊隆起的土堆，多年茂長不減，從夏季到秋季滿滿的花果序生。

　　秋季，蓼科的火炭母草，數個結苞纍纍的小花，螯米小，雖藏匿在路旁也不會錯過的清雅、淡淡的白花瓣，花托處有淡黃色，曾在海拔一千多公尺的小觀音山見過，也曾在平地溝渠內見其茂密叢生。

　　春季，石竹科的鵝兒腸，就長在我小小的菜圃裡，在茄子與白蘿蔔中間的雜草堆裡發現它的蹤跡，一朵朵細瘦對生的白色花瓣，花托鬚毛，匍匐於菜葉下，農人常順手採摘成熟菜葉時一併將其入菜。

即將枯萎的花

　　這段日子，相機是我的顯影劑，現場擷取燦花視覺後的一種視網膜遺留的輔助器，而有時看花草生命力強盛，便會摘取幾株回家插在水瓶裡，甚至進一步的寫真。帶回家的小花，如果無法在水瓶裡至少活過一個禮拜，我下次就不會自作主張（以為少點日曬風吹，或者剪莖以縮短它吃水的長度，就可以延長它的花態），任性地再次摘取了。

　　但不知是否山裡面富涵著偉大的土脈礦產，讓我所摘折的花草，不用滴營養劑，都可以在水瓶裡活得鮮漾鮮漾的，我想，應該是這些野生的花草，早已練就一番與雜林野地共處的本事，而且一處一處立地為營，不然，怎麼會年年出現。

枯萎時的顏色力顫

曾在夏秋交接之際，山邊滿滿的冇骨消樹欉，一邊開花一邊結果，白霧霧的花中點綴幾顆黃色蜜杯，花落了之後的細梗輪掛上了綠果實，看其多種時態並存的模樣迷人，當時寫了幾句關於冇骨消的剪影：

落盡之後，翠細青梗
才初初冒出頭來，朗朗張望
雌花雄蕊不再攀頂交歡
秋天轉相，下一個端景
在山谷小道旁的野草叢堆裡
（2011.9）

冇骨消

　　也曾在住家前的菜園裡，發現田畦溝縫邊一種至今仍不知名的野草花，在碎石旁隱隱嵌入，輕摘取浸水數天後，貼在牆面為其留影，用筆輕捻了一兩句：

與川七花同在石縫裡，逕長
纖細如垂柳幼長的葉相
緣白花托遞襯的小花
因連日風雨，花添了焦色
澤紅，密穗成串，微微頷首
（2011.11）

石縫中的野花

白子蓮

韭蘭

　　「花容」易逝，透過鏡頭留影，得以反覆的賞析，得以一次一次把花朵內裡看得更透澈，後來，亦發感覺，花的各種時態皆美，而瀕臨死亡之緣，成垛的紅橙黃綠藍等色，都會在最後的毫米時刻，綻出它最深層的色澤來，也許配合著蜷曲而委靡的結構體及風化凋毀的質地，那些深邃，踏著黃昏暮色而來，有種憨麗，引人想用力吸吮其最後的氣數，此態著實令我著迷，因此，開始著手為花朵即將枯萎的模樣寫真，為家中每一朵自種的或採來的花，形色即將共同殞落之際，留下獨特的花影。

　　在夏季，比巴掌大的白鳶尾，猛然齊開，摘幾枝綠竦帶葉的花莖，插在玻璃水瓶裡，放在室內散光處靜置了一個禮拜之後，帶黃的花朵漸趨萎縮，厚葉也漸漸稀薄，色調也隨著紋理脈線的突顯，而更顯深黃。

漸趨萎縮的白鳶尾花

　　即將枯萎的花──白鳶尾
　　它似乎正搏力展其漾然之姿
　　曾經的璀璨年華
　　宓棣結綴在一個快門的按伏裡
　　（2014.4）

開在冬季，有著牛奶香味的小蘭花，一個多月後，有幾朵已離枝，花形不見蜷曲，紅色蕊心也不見欲結束前的乍然一綻，唯花瓣逐日消淡透明。我想，我是對著一種花謎樣的彌留狀態，一種瀕臨老化的動彈不得與尚有意志欲掙扎的共同凝相，感到生命的蒼涼絕美。

漸趨萎縮的花瓣

> 離枝梗的小蘭花兒，兩週後
> 花瓣，艷開時的厚實量感已漸羽化
> 僅以花脈的結構細線布署，撐起，微微向內蜷曲
> 輕薄透明，召喚了光澤
> 花蕊，成垛的紅，揉皺尚存的氣息，集氣以待
> （2014.2）

　　「天地曾不能以一瞬」（蘇軾，〈赤壁賦〉），講的是萬事萬物的變化多舛，以一株植物的生命涵構來看，它的每一階段都有其所屬樣態的體現，春天時含苞蕊的靜謐，夏季伸展的肢體以大大的接納陽光，而至花落盡，葉枯萎，自有其接續生命的種子藏於土壤中，靜待發芽。對於即將消逝的植株，以花為表徵是最鮮明的生滅循環的顯相。

　　「萬物皆以不同的方式，隱沒。黃昏時期，這般消淡不彰，卻奮力一展最後嫣然的姿態，我以為，那是花，在它一生最美麗的光景時，悄悄落的款。」

　　在插花時，很喜歡把枯與活的枝葉穿插使用的手法，是這段開晃山邊的日子，近身微觀野草花們生死流轉的瞬間姿態，似乎有著潛移默化的影響。

枯與活的枝葉穿插運用於花藝

園子裡的花日常

在山裡的花草典藏眾多，野態雜沓迷人，不經意地閒晃，處處見得驚喜，友人問：「既然這麼多天地大好的花朵羅列在你眼前，何須再自己種植？」他看我日日耕耘於我那僅三米乘以一米大的長型小園子，眼睛、手腳都離不開，鎮日摘摘剪剪、鏟鏟挖挖；花葉枯黃了就剪掉丟到土裡當養分，葉子過度繁密時，就清挪出枝葉間的空隙，好讓底下的葉子不被上面的葉子遮蓋住，而能順利吸取到陽光，缺土了補土，有蟲的抓蟲，快開花時趕快施有機肥，植株爆盆了就換盆，在棚底把還沒找到定位良好的盆栽移過來移過去，以找出每一種植物適合的光照量，等到埋下的種子出芽了，為了轉送朋友，就開始用我業餘耕者的技能，及自學不足的眼光，開始了一小盆一小盆的選種。

每一種花草都是我特地從山下挑選而來，品種還得是捱得過接近零度低溫的冬季及常年偏溼的氣候。很多長得健壯、有「活過來」的花草，都是經過實驗栽植與漸漸馴化而來的，比如說：家家戶戶陽台常見的玫瑰，移到山上來種，簡直有意想不到的大展開，雖然勉強居住盆中，但它們給力地四季開花，顯示它們跟我一樣熱愛這個環境，願意與此環境相容。

親自栽種的樂趣，在於培植過程中摸索植物需求所獲得的感知，有別於知識體系所建構起的認知內容，而是觀察植物每日生長的細微變化，並給予其當下所需的照料。園藝治療系統的人也許會說：這是藉由植物療癒身心，但我單純喜歡跟植物相處，沒有誰療癒誰，不過，帶著「期望」的祈願是存在的，希望它們都可以長得好好的。看著它們被陽光曝晒、被雨水溼淋、被蜜蜂蝴蝶沾臨、

每年五六月的盛況

被蚱蜢毛蟲啃蝕吹拂過葉子的風，帶來夏季的旱熱，秋季的涼意，冬季的冷冽，故人云：「一葉知秋」，但我尚未擁有那種即時即知的敏感度，通常是等到葉長肥了，出花苞了，我才略略肯定這株植物（也肯定我的觀照能力）正在依著時令成長中。

長花金杯藤的盛長

我的綠雜園裡（會稱為雜園顯示為園主純粹愛種，但毫無景觀規劃能力），五年多內，陸續種了八種歐系玫瑰、五種香草、三款鳶尾、白子蓮、野薑花、韭蘭、雪松等松柏類四種、澳洲茶樹、黃金串前柳、紫藤、六種蘭花、檸檬樹、煙花樹、百香果、雙扇蕨、長尾腎蕨、山蘇、七里香、水草三種、茶花、石蓮、大金杯、武竹、兩顆鳳梨頭、唐印、鳶羅、香雪球、毬蘭、鴨跖草科、石竹科則到處匍匐竄流，除了松柏類的喬木沒養到見到花朵，還有不開花的蕨類之外，幾乎都是會開花的植物，於是，養到開枝展花，日日尋花苞，成了我最興奮的事。

| 1 | 2 | 3 | 1. 蛇瓜的花 | 2. 長花金杯藤花 | 3. 雞屎藤花 |
| 4 | 5 | 6 | 4. 香雪球的花 | 5. 韭菜花 | 6. 鳶尾花 |

九層塔花

猶記第一次種九層塔（紅梗），書上寫說大約冬季會開花，但我的植株（從小苗開始）種了一個月之後，夏季葉子艷長，花也不斷在開，整株各部位的味道有些微不同（莖梗最嗆味，葉次之，花成淡香），葉摘了拿來炒杏鮑菇、煎九層塔蛋。花摘了，直接晒乾當花茶喝，或者摘幾株新鮮的花梗帶葉放水瓶中慢慢觀賞。九層塔花，如寶塔般的花軸序列重疊頂上而生，每個軸環有五朵帶著粉紫紅色、不到一公分的小白花，底下花萼滑出粘附的幾根蕊，環與環之間有小葉對生，越到花頂越顯褐紅（跟莖同樣的顏色），移至室內，插在水瓶，放在通風處，間歇聞到了花香，可以完全參與它的花開花落（約莫一個星期至十天），指認出它從豐厚到稀淡的色譜，驗證它夜以繼日瑰麗而萎凋的聖禮，與之共度花脈碎裂的起滅。光陰冉冉，緩緩流過了它與我，這時是最好的時光。

知識分子式的把花都賦予了神聖或擬人的意涵，不是我的心之所向，植物就是植物，有自己的吐納、呼吸與意識，有人類企求不來，亦無法仿效與領略的境地，知識只發生在前人養植經驗的累積與傳承，不是用來做形容辨識，以為某種花就是富貴、某種花帶著清廉，或者暗喻分離與聚合。當然，花的美麗有其自明性，即使要形容，我希望自己就當時的花態作白描，盡量不涉入判斷。

剛入住竹子湖時，就跟附近花農買了一株三十公分高的白茶花盆栽，第一年開很多花，之後越來越少，少到每開一朵，就很心急地摘回瓶裡放，只希望冬天的刺風與冷寒，不要讓它凋零太快，鑑

賞期可以拉長一點。以下是第三年的小白茶花，開出了透著粉紅色的花瓣時的文字寫真：

小白茶花

小白茶，今日
瓣片葉緣綻出了粉紅
揉皺了的褐黃撐擠在瓣的前沿
如常號召光的蒞臨
使其光輝，使其耽衍
透明度虛展了正在萎縮的量體
脆化，薄稀，緩弱
正足以輕盈飄浮而不向墜之時
亦垂降指向了它的下半場
（2014.1）

當時雖有滿園子的花草，但飛燕草是唯獨會特別從花市買來的花，冬季裡最難得的湛藍色可能只有飛燕身上有，買了一把，放在玻璃瓶裡觀賞，賞花期足足近一個月，朵朵鮮明清楚的輪廓層疊而上，聚合漫成一片撲朔的藍，在屋子裡，晃來盪去，即使到了收束飛翔展姿之時，它們仍然低空飛行著。

飛燕草

飛燕草，二十天後
仍懸掛在細梗上，風來，微晃
不墜，不打算飛
像是藍本身即有一種強度
凝凍了它，結構了它
（2014.2）

園子的邊坡，接近鄰家菜園的地方，還有些野生的，不需任何照料，可以時時摘採來吃的菜，如：川七、紅鳳菜、皇宮菜、地瓜葉、豬母草等，尤其是川七，攀著鐵網、欄杆，滿溢地長，在夏季開出白色透明的成串小花穗，卻只開花不結果，老莖會結出莖塊瘤狀（零餘子），可以再度繁殖。常吃川七葉，卻對其秀氣的花串長相連結不起來，每一朵花的花蕊與花瓣一樣迷你，約半公分，必須貼近看才能看清楚花相，貼近時，會聞到很熟悉的味道，有點類似杏仁味，夏季時，香味會飄進屋內。

　　長成一片花籬，袚馱成小丘
　　夏日的川七花香肆無忌憚的漫出
　　和在早晨裡
　　濃郁度是只剩單孔呼吸的人
　　也可以不費力的吸吐
　　（2012.9）

與川七共舞的小花

玫瑰

　　幾盆歐系玫瑰來自朋友的餽贈，之前養在城市頂樓，照顧得
當，長得極壯，自我接手後第一年一片衰寂，好像就要搞死一批
玫瑰似的心裡大受打擊，不料隔年，玫瑰們似乎漸漸習慣山上的
氣候，有好轉現象，此後，常態性的幾乎是四季開花（除非嚴寒
的一、二月，仍有稀稀落落的花苞），簡直太捧場了，每一個品種
輪替綻放，玫瑰品種都是洋名：海洋之歌、珍娜奧斯丁、福爾摩
沙、東方之星、安蓓姬、深夜之藍、蔓性玫瑰白色與粉紅。但，接
手第四年，其中的安蓓姬開花數量遽增尺度綻長，卻垂矣枝頭，
日日頷首，問了厲害的花農，曰：乃追肥有餘，追土不足之態。
哎，我虧待它們已久，只能供給小盆子居住，很希望可以有大片的
地種下它們，相信可以活得更燦爛！

今日白花伏案
觸鬚到了一樓的特朗斯特羅默
早晨的入口在詩狀的線性隔柵滲澹
石縫也納風暴，長短音軌遙指欲語無語
清澈的溝底

到了 B2 的楊牧字群，不明況味被柔性按壓入對仗隊伍
山海花草胸懷等事，擰出泛遠泛光糊狀的消點
光暈所致，遂踏成頌聲

尾端搔到了 B3 的 Herzog& de Meuron
收束羽翼狀態虛淡，形象不存我不存
物性沈默乖張，瀰散伏地遺影以壓境
（2014.8）

野薑花

薄荷

小茴香花

　　養花，賞花，記錄花，沈浸在探掘植物的感知，成了這段山居歲月中（或許）再也難以脫身的記憶與涵養，還有很多很多未能一一提及的我親愛的鄰居們；薄荷的花、蜀葵的花、蛇瓜的花、白子蓮的花、石蓮的花、紫藤的花、芸香的花、大金杯的花、小茴香的花在我的園子裡隱隱現現地探出頭，我的眼睛（以及相機）終究只是一個非常薄弱的媒介，花的燦爛，是大地不棄不息的滋養，以天光來顯形，不是誰指稱了便是，花的形色，皆是自來也。

冇骨消的花

野花野草展──大地草花流

雖居山中過活，但工作繁忙之際需頻頻下山處理事務，一不小
心，就會錯過一個季節，像是被歲月之輪草草輾過而毫無知覺。
所幸在即時回魂之後，趕快趨步前往熟悉之地探視花草。春雨剛
過的山區，一處早年就在那兒的，野生的、整排一米長一米高的
綠樹籬，由四棵麻葉繡球（薔薇科）茂密的細葉與重互的枝條疊
簇而成，帶著橄欖綠的葉子，很容易在一大片森林中脫色而出。
往年皆十分應季應景的開出長長白色花穗的麻葉繡球，某一年，整
整錯過了它一個月才再次見聞其清秀面容，彼時，盛開期已過，留
下了一兩枝垂枝甸甸，花開了一半，僅剩幾處結苞，用花剪剪了一
枝參差呈九十度彎折的枝梗，放在家裡的茶桌上，覺得花苞與葉相
併而行，自然野態無需修剪就直接插水瓶了。時值四月，安蓓姬玫
瑰亦盛開中，從園子裡剪了一朵留三公分的枝梗插小水盆裡，桌上
剛好有石蓮花正在結花苞期，怕花苞被太陽曝晒過度，苞失水長不
了，而暫時移至室內乘涼。

坐在茶桌前泡茶，眼前是水田滿溢之春，心中有些感嘆有些欣喜，老覺得時空總是不夠寬大，許我從容而入，灑脫而出，如果時光縫隙可以由我自由進出的話，就既可以工作又可以賞花，不會錯過任何開花時令。不過，眼前白細密麻的小繡球花，似乎在等著我來，才要綻出最後一枝花穗似的，放緩似地悄悄延展枝條，伺花靜放。

「春花逸遲，直到我來。」喝著茶，心中湧出此句。在我追求俗世必需之物，光陰流轉不殆，情懷是滿的，好像也沒有憾事，未及之處大概只有自己目前沒更多條件可以滯留此時此刻，而花草生命卻依然在大地的擁抱裡，如序複查，溫柔生滅。

麻葉繡球花、玫瑰、石蓮花

山中有歲月，且歲月是花草樹木刻劃出來的。如果不是冬末的山櫻花開得滿山滿谷，我可能還在進行無止盡的假寐，群花集體的召喚，提醒我春天就快到門前，必須像冬眠的蟲一樣掙力爬出洞口了（一入冬天總是覺得身體應該靜靜地休息，所以，沒事不會安排活動，除了散步）。山裡的山櫻種植多年，早已高不可攀，而隔壁鄰屋旁剛好有一棵同樹齡的櫻花樹，從房屋的高低差溝凹處長出來，我可以攀著鄰家屋頂搆到幾根樹枝，因此，每一年都會在鄰人的輔助下，剪下枝幹，扛回家欣賞。依照枝幹，幫它們找了適合的

盆器，若山櫻枝幹直挺挺的，適合裝在長口型的玻璃瓶；若山櫻梗幹短而多枝，那橫長形的窄形玻璃花器（其實是魚缸）就很能顯現其炸開的姿態。每次山櫻一進駐家裡，便覺得蓬蓽生輝，感覺是豪宅人家才會有的行頭啊！因此，每年都會冒著可能會從屋簷摔下的危險，怎樣都要扛幾枝回家擺放。山櫻開完，重瓣的緋櫻花便會綻開，緋櫻離枝後兩天的乍顏，細看發現纖維薄貼，多色併顯，逐一躍現。與乾燥法的單一（凍齡）樣態，截然不同。掛在枝頭，緩慢地老去，才有機會，慢慢的體現其各種質變的美。

日本電影《花戰》中的主角──池坊專好（池坊華道家元三十一世），起初插花為了禮佛，為了祭祀路邊的亡魂，或者為了修行，後來則是為了好友們（茶聖千利休、寺廟裡的弟兄、一個路邊撿來的女畫師），有意識地萌起想用花當成工具，進諫予豐臣秀吉，那是為某種使命而戰。專好的花道很功能性地得以取悅人

茶花、櫻花與苔蘚

心，也許更能丈量自己的內心狀態，跟他之前單純的愛花採花不同，在單純狀態下，只有憨與喜而已，那是為客戶插花，為展覽插花，為教學插花，為了任何目的或者任何聲明聲張的插花，遠遠所不能及的碰觸，所指的是與自然相應的碰觸。

採集了花，再安置花，是為了把美的樣態延續久一點，有一條絲線隱隱密綴在植物跟人之間，因此，花的樣態不佳，我不會強取，因為草花不在愉悅之時，是無法被流暢地安置，它們活在盎然生氣的時刻，而你我也將共此時。相對的，當我的心神不在與草花接引的頻譜上，我便不會漫不經心摘取，然後隨意潦草處置。插花這件事，當然不是說非得繃緊神經、神聖祈禱不可，而是既然草花已經在你手中任你擺布了，何不精心以待？多年來的採集體驗所得是「採集時就已決定了花相」，有部分來自於採集者對奧妙的領略；走向大地與小溪的籠罩之境，走入草與花的原生脈絡，稍稍可以感覺到（也許是）花托承受起花與葉的重量比例，讓風吹輕拂，揚起葉片的翻動頻率，成了慢速的探戈。走越近會越發覺奇幻的音頻藏在裡頭，也許風沒來，是昆蟲來了，聽到的又是另一種聲音的律則，來自於地底壤土掘翻出的空隙所產生的嗡嗡回聲，從你觸摸的花梗處遞傳給你。形容這些相應，最接近的詞應該是心領神會了，不過也許半個字都無以傳達。形是最外圍、初步的輪廓顯相，同時又是在一剎那最精準的判別，我摘取了我遴選的，一朵兩朵三朵，從葉的兩旁，從莖梗，依著手的韻律，將葉的順流也一併領略下來了。永遠是順著花勢而行，而非逆著要其他相佐草花倒置配合，不粗鄙以待，因此，此刻它們躺在你的掌心時，是輕柔順和如鳥禽暫棲的羽翼。

2016 年，受一名王姓建築師好友之邀，到他新設計的商業空

菝葜與昆蘭花

間裡展出花草作品。時值炎夏，在山邊散步，在街區住宅的公園徘徊，在河濱公園來回，一幅幅夏季奔放而炙熱，隨水泥地烘燒起的白霧煙灰，灼灼燃起的景象，間遞浮現眼前。乾枯微熱從地底即鼓譟著花，讓它不再去而復返，一朵即一時的盛艷張狂，而後反差似的消殞墜落，憑弔的是一片用燒毀的叢林所計數的未來世紀，促生因子是大毀滅後大茁壯的神話寓言，而後，世界都是複生、衍生，演化來的點點燦色。於是，一鼓作氣，運用當季花材做了五個作品，其他小瓶花如發光小行星，不斷更替流動式圍繞著中心。摘錄當時作品論述如下：

＼ 大地草花流 ／

台灣植相，從平地到山林，豐饒狂野，土地厚實廣納原生、外來種別，共融一境。用身體尋找草花，與之共處，會發現大地的褶縫裡，細藏多少生滅與聲響。

尋跡山林，取其枯萎樹枝的莖梗花葉為基盤，乾掉的花軸葉片蜷曲而成略為強韌的結構量體，層層包覆起疏密不一、非預期的多重孔隙，是植花草時的最佳介質。它充滿著依大地時序自然脈動之下，每一株植物吸收吐納於水、空氣，應時應地，傾刻變化即成恆長的獨特姿態。將其至美之時予以凝象，與平地路邊野草野花形色同聚，再現其榮枯共時的樣態。

主花材

蒲葵樹，棕櫚科，原產於台灣龜山島。取其春末開花後，乾枯的筒狀苞片與點刺狀的花軸，以為植花時的結構與素材。於仲夏之際，七米高的蒲葵樹下撿拾而得。

- -

蜘蛛蘭，石蒜科，民國初年從新加坡引進已馴化成常見園藝植栽種，常見於行道樹下的綠叢，於夏季開花，淡香味。

木麻黃，木麻黃科，廣植於台灣海濱地區做為防風林用。

山棕枯萎的樹幹

山棕，山棕科，原產地台灣，分布於海拔 800 公尺以下。取其乾枯的葉軸棕毛為植花草時的結構。

我的花藝作品，朝著盡量讓花材本身即是結構，花材亦來自於展示空間或生活空間有關的環境涵構，而花器與花器的造型與材質，從來都是拿來輔助花草的展態而存在的，而非以器物為先決思考才去揀選花材，那樣的話，很容易被器形所宰制，除非，器物與花材之間絕對的契合是你十足有把握的，或者器物於你而言，是空氣般的無形支撐，先用了它，然後，忘卻它。而既然摘取了花，就必須是有辦法讓它們得以延續存活的狀態，也就是必須顧及維生系統的設計，如果在水瓶裡沒有比它掛在枝頭上還要存留久的話，就不太好摘取了。更遑論只當裝飾品安插在架子上，只是為了展示拍照留影的話。

「沒人能靠著地圖，找到寧謐的方所。也從未為雨景，譜過相同的樂符。」插花是如此的，流動的勢態裡沒有隱含公式，與之互應的律則，只發生在你跟植物之間，綿延、暢覺，而無聲的密語。

花草展出

地膽草（菊科）、野人蔘（馬齒莧科）

採集而後安置，
延續花的美態

國家圖書館出版品預行編目(CIP)資料

植氣生活：植物系女子的山居日誌 / 曾泉希著. -- 初版. --
台中市：晨星，2018.04
　　面；　公分. -- (自然公園；83)
ISBN 978-986-443-434-3(平裝)

855　　　　　　　　　　　　　　　　　107004353

自然公園 83

植氣生活
──植物系女子的山居日誌

作者	曾泉希
主編	徐惠雅
執行主編	胡文青
校對	曾泉希、陳育茹、胡文青
美術編輯	李岱玲
封面設計	陳正桓

創辦人　陳銘民
發行所　晨星出版有限公司
　　　　台中市407工業區30路1號
　　　　TEL：04-23595820　FAX：23550581
　　　　E-mail：service@morningstar.com.tw
　　　　http：//www.morningstar.com.tw
　　　　行政院新聞局局版台業字第2500號

總經銷　知己圖書股份有限公司
　　　　台北　台北市106辛亥路一段30號9樓
　　　　TEL：(02) 23672044 / 23672047　FAX：(02) 23635741
　　　　台中　台中市407工業區30路1號
　　　　TEL：(04) 23595819 FAX：(04) 23595493
　　　　E-mail：service@morningstar.com.tw
　　　　網路書店 http://www.morningstar.com.tw

郵政劃撥　15060393
戶　名　知己圖書股份有限公司

法律顧問　陳思成律師
初版　西元2018年04月30日

郵政劃撥　22326758（晨星出版有限公司）
讀者服務　（04）23595819#230
印刷　上好印刷股份有限公司

定價　480元
ISBN　978-986-443-434-3

Published by Morning Star Publishing Inc.
Printed in Taiwan

以下資料或許太過繁瑣，但卻是我們瞭解您的唯一途徑，

誠摯期待能與您在下一本書中相逢，讓我們一起從閱讀中尋找樂趣吧!

姓名：＿＿＿＿＿＿＿＿＿ 性別：□ 男 □ 女 生日： ／ ／

教育程度：＿＿＿＿＿＿＿＿

職業：□ 學生 □ 教師□ 內勤職員 □ 家庭主婦

　　□ 企業主管 □ 服務業 □ 製造業□ 醫藥護理

　　□ 軍警 □ 資訊業 □ 銷售業務 □ 其他＿＿＿＿＿＿＿＿

E-mail：＿＿＿＿＿＿＿＿＿＿＿＿＿ 聯絡電話：＿＿＿＿＿＿＿＿＿

聯絡地址：□□□＿＿＿＿＿＿＿＿＿＿＿＿＿＿＿＿＿＿＿＿＿

購買書名：植氣生活——植物系女子的山居日誌＿＿＿＿＿＿＿＿＿

‧誘使您購買此書的原因?

□ 於 ＿＿＿＿＿ 書店尋找新知時 □ 看 ＿＿＿＿＿ 報時瞄到 □ 受海報或文案吸引

□ 翻閱 ＿＿＿＿＿ 雜誌時 □ 親朋好友拍胸脯保證 □ ＿＿＿＿ 電台 DJ 熱情推薦

□電子報的新書資訊看起來很有趣 □對晨星自然FB的分享有興趣 □瀏覽晨星網站時看到的

□ 其他編輯萬萬想不到的過程：＿＿＿＿＿＿＿＿＿＿＿＿＿＿＿＿＿

‧本書中最吸引您的是哪一篇文章或哪一段話呢?＿＿＿＿＿＿＿＿＿＿＿

‧請您為本書評分，請填代號：1. 很滿意 2. ok 啦! 3. 尚可 4. 需改進。

□ 封面設計＿＿＿＿ □ 尺寸規格＿＿＿＿ □版面編排＿＿＿＿ □字體大小

□ 內容＿＿＿＿ □文／譯筆＿＿＿＿ □其他建議＿＿＿＿

‧下列書系出版品中，哪個題材最能引起您的興趣呢?

　臺灣自然圖鑑：□植物 □哺乳類 □魚類 □鳥類 □蝴蝶 □昆蟲 □爬蟲類 □其他＿＿＿

　飼養＆觀察：□植物 □哺乳類 □魚類 □鳥類 □蝴蝶 □昆蟲 □爬蟲類 □其他＿＿＿＿＿

　臺灣地圖：□自然 □昆蟲 □兩棲動物 □地形 □人文 □其他＿＿＿＿＿＿＿＿

　自然公園：□自然文學 □環境關懷 □環境議題 □自然觀點 □人物傳記 □其他＿＿＿＿＿

　生態館：□植物生態 □動物生態 □生態攝影 □地形景觀 □其他＿＿＿＿＿＿＿＿

　臺灣原住民文學：□史地 □傳記 □宗教祭典 □文化 □傳說 □音樂 □其他＿＿＿＿＿

　自然生活家：□自然風DIY手作 □登山 □園藝 □觀星 □其他＿＿＿＿＿＿＿＿

　　‧除上述系列外，您還希望編輯們規畫哪些和自然人文題材有關的書籍呢?＿＿＿＿＿

‧ 您最常到哪個通路購買書籍呢? □博客來 □誠品書店 □金石堂 □其他 ＿＿＿＿＿＿

　很高興您選擇了晨星出版社，陪伴您一同享受閱讀及學習的樂趣。只要您將此回函郵寄回

　本社，或傳真至 (04) 2355-0581，我們將不定期提供最新的出版及優惠訊息給您，謝謝!

　若行有餘力，也請不吝賜教，好讓我們可以出版更多更好的書!

‧ 其他意見：＿＿＿＿＿＿＿＿＿＿＿＿＿＿＿＿＿＿＿＿＿＿＿＿＿

晨星出版有限公司 編輯群，感謝您!

廣告回函
臺灣中區郵政管理局
登記證第267號
免貼郵票

407
台中市工業區30路1號

晨星出版有限公司

更方便的購書方式：

1 網站：http://www.morningstar.com.tw
2 郵政劃撥 帳號：22326758
　　　　　戶名：晨星出版有限公司
　請於通信欄中註明欲購買之書名及數量
3 電話訂購：如為大量團購可直接撥客服專線洽詢

◎ 如需詳細書目可上網查詢或來電索取。
◎ 客服專線：04-23595819#230　傳真：04-23597123
◎ 客戶信箱：service@morningstar.com.tw

photo/Kelly Lu